光文社文庫

長編推理小説

三毛猫ホームズの復活祭

赤川次郎

光　文　社

『三毛猫ホームズの復活祭』目次

プロローグ

「もしもし？――和人《かずと》、お金、間に合ったの？」

母親からの電話の、そのひと言を聞いたとき、和人には何が起ったか分った。

「母さん」

と、和人は言った。「僕じゃない」

「――え？」

「僕はお金を持って来てくれなんて頼んでないよ」

「だって、お前……」

と言いかけて、母の声が震えた。「そんな……。だって確かに……」

「やられたんだよ」

と、和人は言った。「母さん、いくら出したの？」

母は答えなかった。ただ、ブツブツと、

「お前じゃないって……。だって、そっくりなしゃべり方だったし……」

「母さん、落ちついて」

と、和人は少し強い口調で言った。「済んじまったことは仕方ない。もうお金を渡しちゃったんだろ？」

「だって、それがないとお前はクビになるって……泣いたじゃないか」

「母さん、僕へどうして電話して確かめなかったんだ」

「そんなこと……一刻を争うって……」

和人は嘆息して、

「ともかく、すぐ帰るから。いいね、家にいて」

と言った。

「どうしよう……。私は本当に……」

「分ってるよ。もういいんだ。じっとしてるんだよ」

高畠《たかはた》和人は念を押すと、電話を切って、早退することにした。

課長の立場なので、部下へそう言えばすむ。

急いで会社を出て、タクシーを拾う。

まだ午後二時過ぎだ。そう道は混んでいないだろう。

タクシーが走り出すと、ケータイが鳴った。

「――もしもし？」

「お兄さん？　どうしたの、お母さん」

妹の小夜子《さよこ》は不機嫌な声で言った。「電話して来て、グスグス泣いてばっかり。どうしたのか訊《き》いても、さっぱり分んない」

「ショックだったのさ」

と、高畠は言った。

「何のこと？」

「やられたんだ、例の『オレオレ詐欺《さぎ》』に」

「え？」

小夜子が絶句して、「――本当なの？」

「ああ、俺が電話したと思い込んだらしい」

「馬鹿ね、本当に！」

「おい、そう言うな」

「いくら盗《と》られたの？」

「聞いてない。こっちも泣いちまって、話にならないんだ。今、タクシーで家へ帰るところだ」

「もう……。何してるのかしら、全く！」

と、小夜子は苛々と、「前から言ってたのに。もし、そんな電話があったら、お兄さんか私に電話しなさいよ、って」

「分ってるさ、母さんだって。しかし、騙《だま》す方は巧くやるらしいからな」

「そんなこと……。いいわ、私も行く」

「出られるのか？」

「どうせ今、外なのよ。ケータイへかけて来たの、お母さん」

「何だ、そうか。ともかく当人が一番ショックを受けてるんだ。慰めてやれ」

「こっちだってショックよ」

と、小夜子は言った。「じゃ、後でね」

「ああ」

——やれやれ、と高畠は息をついた。

高畠和人は四十五歳。妹の小夜子は五つ下の四十歳だ。片桐浩三《かたぎりこうぞう》と結婚して十年余りになる。

子供が生まれてから結婚したので、一人息子の正志《まさし》は今十一歳、小学校六年生だ。

小夜子はもともとすぐカッとなる性格だが、このところ、息子の私立中学受験を控えて、一段と苛々している。

高畠はあまり近付かないようにしていた……。

タクシーが工事渋滞にはまって、思ったより時間がかかった。

実家の前でタクシーを降りる。

高畠和人は長男だが、自宅はここから駅一つ離れていた。実家は大分古くなった日本家屋で、父親が三年前に亡くなってからは、母、美智代《みちよ》が一人で暮していた。

一人といっても、まだ七十三で、充分に元気だから、高畠も安心していたのだ。

「——母さん」

玄関は鍵がかかっていなかった。女物の靴が脱いである。小夜子の方が先に着いたのだろう。

「母さん？」

と、上って居間へ入って行くと、小夜子が不機嫌そのものの顔でソファに座っていた。

「早かったな」

と、高畠は言った。

「近かったのよ」

「そうか、俺は車が混んで……。母さんは？」

高畠が訊くと、小夜子は肩をすくめて、

「知らないわ」

「知らない？　どういうことだ」

「出てっちゃったのよ。どこかその辺にいるでしょ」

小夜子の口調は冷ややかだった。

「お前……」

高畠はコートを脱いでソファの背にかけると、「母さんに何て言ったんだ？」

小夜子は黙って、じっと正面をにらんでいた。高畠が、

「いいか――」

と言いかけると、小夜子はキッと兄をにらんで、

「文句言ったわよ！　当り前でしょ。いくら騙し取られたと思う？　五百万よ！」

高畠も、これにはびっくりした。

「五百？　確かなのか？」

「自分でそう言ったわ」

「しかし――五百万もおろそうとしたら、銀行の方が注意するだろう」

「それが、押入れの奥の手提げ金庫に入れといたんですって」

「現金を？　やれやれ……」

高畠も、まさか母親がそんな大金を家に置いていたとは想像もしていなかった。

「冗談じゃないわよ！」

と、小夜子が破裂するように言った。「うちは、正志を私立に入れようとして、高い月謝を払って塾に通わせてる。そのせいで、どんなに苦労して生活を切りつめてるか！

それなのに……五百万も後生大事に抱え込んで、しかもコロッと騙されて……」

「落ちつけ」

「これが落ちついていられる？　私、何度もお母さんに頼んだのよ。私立を受けるのにはお金がかかるんだって。少しでも都合してくれないかって。でも、お母さんは『自分の老後のためのお金よ』と言って、出してくれなかった」

「まあ、母さんにしてみりゃ、そう思っても仕方ないさ。ともかく警察に届けよう。運が良きゃ、いくらかでも返ってくるかもしれない」

「返ってくるもんですか」

と、小夜子は苛々と言った。「ああ！　腹が立つ！」

「しかしな、悪いのは犯人なんだ。母さんじゃない。間違えるな。母さんを責めちゃ可哀そうだ」

小夜子は高畠をチラッと見て、

「ご立派ね。お兄さんの所は余裕があるからいいでしょ」

「おい、うちだって、来年は深雪《みゆき》が高校に入るんだ。私立だからって、入学金は外部並みに取られるんだぞ」

と、高畠は言って、「ともかく、母さんだ。出てったたって、いつごろだ？」

「ついさっきよ」

「捜して来る。——いいか、帰って来ても、母さんに何も言うなよ」

「分ったわよ」

と、小夜子はふてくされている。

高畠は玄関へ出ると、サンダルをはいて外へ出た。左右を見渡したが、どっちへ行ったものやら、見当もつかない。

歩き出してみたものの……。

ちょうど、高畠もよく知っているご近所の奥さんがやって来るのに出会った。

「ああ、和人さん」

「どうも。あの——母を見ませんでしたか?」

「お母様? いいえ。どうかなさったの?」

「いや、ちょっと……。すみません」

どう言いわけしていいのか分らないまま、高畠はその道を辿って行った。

「こっちじゃないのか……」

足を止めて、戻ろうとすると、「——あ」

母、美智代の姿が目に入った。

広い国道が通っていて、その向う側に、母の姿があった。バス停のベンチに腰かけている。

向う へ渡るには、歩道橋しかない。

「母さん！」

と、高畠は呼んでみたが、ともかく、トラックや車が切れ目なく通るので聞こえないようだ。

仕方ない。――高畠は歩道橋を上って行った。国道の上を渡って、階段を下ろうとすると……。

美智代がベンチから立ち上ったのである。

バスが来たわけではない。

だが、大型のトラックが続けて三台、スピードを上げて走って来る。

高畠は目を疑った。――母、美智代が、バス停から国道へと足を進めたのである。

「母さん！」

高畠は階段を駆け下りた。――トラックの前に、美智代はスタスタと歩いて行く。

間に合わない。

「母さん！」

と、必死で叫んだ。

トラックが急ブレーキをかける。しかし、停められるものではなかった。

高畠は母の体が宙に飛んで、道に叩きつけられるのを見た。

こんな……こんなことが……。

急停止したトラックに、後続のトラックが追突した。金属のぶつかる音、ガラスの砕ける音。

激しくクラクションが鳴り響いた。

高畠は倒れている美智代へと駆け寄った。

「母さん！」

ぐったりとした母を抱きかかえて、歩道へと運ぶ。

通りかかった人たちが足を止めて、目を丸くしていた。

「救急車を呼んで下さい！」

と、高畠はそばにいた中年男性に叫んだ。

だが、男はびっくりしたように身をすくめて、行ってしまった。

「——今、一一九番しました」

と言ったのは、若いＯＬらしい女性だった。

「ありがとう……」

「どうですか？」

と、その女性はそばに膝をついて、「あなたのお母様？」

「ええ……」

「動かさないで！」

と、その女性が強い口調で言ったので、高畠はびっくりして顔を上げた。

「ごめんなさい」

と、女性は急いで言った。「私、以前は看護師だったんです。頭を打っておられるかもしれないので」

「ああ、それはどうも……」

女性は美智代の胸に耳を当てると、

「――心臓は大丈夫」

と言った。「でも、あの勢いではね飛ばされては……。内臓が心配です。内出血してるでしょう」

やがて、救急車のサイレンが聞こえて来た。

女性は立ち上ると、

「では私、これで。助かるといいですね、お母様」

「ありがとう……」

高畠は、その女性が立ち去ろうとするのを見ていたが、我知らず、

「あの――」

と、声をかけていた。

「何か？」

と、女性が振り向く。

「すみませんが、一緒にいてもらえませんか」

無茶な頼みだと分っていた。相手にも都合というものがある。

しかし、きりっとした顔立ちのその女性は少し間を置いて、

「分りました」

と肯《うなず》くと、戻って来た。

高畠は、何となく、これで母が助かるだろうという気がした……。

1　使い走り

「やれやれ……」

片山義太郎《かたやまよしたろう》は、大きく伸びをした。

約束の時間にはまだ十五分あった。

「早過ぎたな」

遅れることはよくあるが、早過ぎるのは珍しい。

公園は暖かな日射しの下、小さな子供を遊ばせる母親たちでにぎわっていた。

秋らしい一日だ。——つい先週までの残暑で参っていた片山はホッとしていた。

今日は久々の休みで……。デート、というわけなら良かったが。

待ち合せているのは妹の晴美《はるみ》。今はこの公園に近い会社でアルバイトをしている。

ベンチに座ってのんびりしていると、

「あの……」

と、かすれた声がした。

「はあ?」

見れば、もう白髪に足下も危い様子の老人が、ベンチの前に立っている。

「何か……」

「ここに座りたいんですが……」

と、老人は言った。

「ええ、どうぞ」

片山はもともとベンチの片側に寄って座っていた。充分に老人の座るスペースはある。

「失礼して……」

と、老人は腰をおろした。

もう八十近いだろう。疲れた印象の男性である。

着ている上着、ズボンも、袖口や膝が白くかすれて、古着という感じだ。

しかし、何しに公園へ来たのだろう?

ベンチにも浅く腰かけただけで、落ちつかない様子だ。人を待っているのか、左右を忙しく見回しているが、どこかおどおどしたところがある。

片山は何となく気になった。——警視庁捜査一課の刑事として、色々な犯罪に係《かかわ》って来た。

だが、この年寄が犯罪者とはとても思えないが……。

「あら、早いのね」

と、晴美がやって来た。「珍しいこと」

「出る時間を間違えたんだ」

「そんなことでしょうね」

と、晴美は言った。「さ、お昼、食べに行きましょ。おいしい店を見付けたの」

「うん……」

と、片山は立ち上って歩き出したが——。

「——どうしたの？」

晴美が振り返って、足を止めている片山へ訊いた。

「いや……。あのベンチの老人、見てくれ」

「知り合い？」

「そうじゃない。たまたまあそこに……。しかし、何だか気になるんだ」

「何かみすぼらしいわね。——休んでる感じじゃないわ」

「そうだろ？」

すると——老人がハッとした様子で、公園へ入って来た女性を見た。

女性も七十代の後半くらいだろう。身なりはきちんとして、上品な婦人である。

風呂敷包みをしっかりと抱《かか》えていた。

そして、ベンチの老人を見ると、足早に歩み寄って行く。

「私が」

と、晴美はさりげなく、そのベンチの方へと近付いた。

「――お使いの方?」

と、女性が老人に訊いている。

「息子さんに頼まれて来ました」

と、老人が言った。「包みを受け取って来てくれと……」

「これを」

と、女性は風呂敷包みを老人に渡して、「あの子は大丈夫でしょうか?」

「ええ、ええ……」

と、老人が肯く。

「じゃ、このお金を渡してやって下さい」

「分りました。確かに」

と、老人が包みを抱えて立ち上った。

「待って!」

と、晴美が声をかけた。

包みを抱えた老人は、晴美の声にギクリとした様子で立ちすくんだ。

風呂敷包みを持って来た女性は面食らったように、

「あなたは誰？」

と言った。

「息子さんが、至急お金がいると言って来たんですか？」

と、晴美が訊くと、女性はムッとしたように、

「人のことは放っといて下さい！」

「そうはいきません」

と、片山も加わって、「その電話は本当に息子さんからでしたか？」

「もちろんよ。息子の声ぐらい分ります。親なんですから」

「念のため、息子さんに電話して確かめた方がいいですよ」

片山は警察手帳を見せた。女性はちょっと不機嫌な表情で、バッグからケータイを取り出すと、

「ともかく急ぐんですよ。あの子は困ってて――。もしもし？　佑一《ゆういち》？　今、使いの人にお金を渡したんだけど……。――え？」

女性は目を大きく見開いて、「電話してないって、お前……。今すぐ三百万ないと首を吊らなきゃいけないって泣いて……」

老人が風呂敷包みをベンチに置くと、

「私はこれで……」

と行こうとした。

「だめですよ」

片山は老人の腕をつかんだ。

「何するんだ……。乱暴しないでくれ。私は年寄なんだ……」

女性はケータイを切ると、

「何てひどいことを……。もう少しで三百万円、失《な》くしてしまうところだったわ！」

と、立っていられなくなったように、ベンチに力なく腰かけた。

「未然に防げて良かったですね」

と、晴美は言った。

「私が騙されるなんて……。私だけは絶対に大丈夫だと思っていたのに……」

女性は呆然として、晴美の言葉も耳に入っていない様子だった。自分が騙されたことがよほどショックだったらしい。

「お金をどこへ持って行くことになってたんだ？」

と、片山が訊くと、老人は、

「私は……何も知らない。ただ、ここで包みを受け取って……」

「そして、どこへ？」

「あの……向うに立ってる人に持って行くことに……」

と、老人は公園の出口の方を指した。

「晴美、ここにいてくれ」

と言って、片山は出口へと駆け出した。

しかし、そこには誰もいなかった。——片山たちが見咎めたのを見ていて、姿を消したのに違いない。

こうなると……。

加藤伸介《かとうしんすけ》というのが、その老人の名だった。

「どんな男だった?」

と、片山が訊いても、

「本当に……私は何も知らんのだ。ただ、公園で休んでたら、声をかけられて……。『簡単な使いをしてくれたら五千円あげる』と言われたんだ。五千円ありゃ何日か食べられる。だから……」

と、くり返すばかり。

「それは分ったけど、その男の格好とか、年齢とか、どんな感じだったかとか……」

「私は、まさかそんな悪いことをしてるなんて、思ってもみなかった……。本当なんですよ」

と、泣き出してしまう。

「やれやれ……」

近くのK署へ連れて来て、訊問《じんもん》したが、どうやら嘘はついていないようだ。

「しかしね、あんたも知ってるでしょ？〈オレオレ詐欺〉って。あんたはその手伝いをしようとしてたんですよ」

「何も知らなかったんだ……」

片山たちが止めなかったら、本当に共犯になっていたところである。

「――困ったな」

いずれにせよ、片山の担当する事件ではない。K署の刑事に後を頼んで、晴美と取調室を出たが、そこへ、

「すみません！」

と、上ずった声で、中年の女性がやって来た。「ここに加藤伸介という……」

「この中ですよ」

と、片山が言った。「あなたは――」

女性は答えず、取調室へ大股に踏み込むと、

「お義父《とう》さん！」

と叫んだ。「どういうことなんですか！　こんな恥ずかしいことをして！」

息子の嫁らしい。老人は怯えたように身を縮めて、

「私は何も知らなかったんだよ……」

と、小声で言いわけしたが、

「知らなかったで済むと思ってるんですか！　詐欺の共犯だなんて！　ご近所からどう言われるか――」

「敬一《けいいち》には……黙っててくれ。お願いだ」

「そんなこと、できっこないでしょ！　敬一さんは今だって仕事がなくて困ってるのに、父親が捕まったなんてことになったら、どこも雇っちゃくれませんよ！　恥知らずな！」

行ってしまうわけにもいかず、片山は、

「あなたは、この加藤さんの――」

「嫁です。加藤美奈代《みなよ》といいます」

髪もボサボサで、着ている物もかなり古い。生活の苦労がにじみ出ているような姿だった。

「刑事さん！　お願いです。今日は見逃してやって下さい！　この人、少しボケてるんです。自分のやってることが分ってないんです。捕まえたって何にもなりませんよ。も

う二度とこんな真似はさせませんから、お願いです！」

と、まくし立てるように言った。

片山は、小さくなって震えている老人のことが気の毒になった。確かに、彼女には彼女の事情があるのだろう。

しかし、五千円につられて、「お使い」をやらされる老人も哀れだった。

「僕はこの件の担当じゃないんですよ」

と、片山は言った。「まあ、ともかく知らずにやったことでしょうから、そう大したことにはならないと思いますよ」

慰めるようにそう言って、片山と晴美は早々にその場から逃げ出した。

——外に出て、やっと遅い昼食をとりながら、

「それにしても、ひどいことするわね」

と、晴美が言った。「あんな、罪のないお年寄を利用するなんて」

「全くだな。——しかし、たとえやらせた男を捕まえても、その上にいる誰かには行きつかないようになってるんだ」

「そんなことしてお金稼いで、良心が痛まないのかしら」

と、晴美はため息をついた。

「そうだな」

と、片山は肯いて、「自分だって、その内年寄になるんだ。そのとき、もし騙される立場になったら……」

「ちゃんと、あなたからお義父さんに言って聞かせてよ！」

この一時間の間に、同じ言葉を十回も聞かされている加藤敬一は、うんざりしながらも、

「分った。ちゃんと話すから」

と、布団に潜り込んだ。

「いつ話すの？　明日？　明後日？」

美奈代はまだ引っ込まない。

「明日、ちゃんと話すよ。本当だ」

「もう……。うるさそうに言って。警察でさんざん頭を下げて来た私の身にもなってよ！」

美奈代の言葉は、布団の中の夫だけに向けられてはいなかった。襖の向うの義父、伸介にも聞かせていたのだ。

――伸介の話を聞いて、警察では結局、

「もう馬鹿なことはしないようにね」

と言い聞かせて放免してくれたのである。

もちろん、帰宅してからも、美奈代はくり返し伸介に文句を言った。

息子の敬一も黙ってそれを見ているしかなかった。会社をリストラされ、失業中の敬一は、美奈代のパートの収入で何とか食べていたのだ。

子供はいないが、夫と義父、二人の食事を作り、しかも昼夜とパートのかけ持ちをしている美奈代が不機嫌になるのも当然かもしれない。

やがて、文句を言い疲れて（？）美奈代も布団に入ったが、やはり頭に血が上っているのか、なかなか眠れない。

すると――隣の部屋で何か音がして、それから廊下を歩く足音。

伸介がトイレに起きたのかと美奈代は大して気にもとめなかったのだが……。

――え？

玄関のドアが閉る音がしたような……。カチャリという金属的な音。

誰か入って来た？

ちょっと気味が悪くなって、美奈代は起き上ると、

「あなた。――ね、起きて」

と、敬一をつつく。

しかし、寝入りばなに酒を飲んでいる敬一は一向に目を覚まさない。

「もう……。役立たず！」

と、美奈代は仕方なく布団を出て、廊下へ顔を出した。

人の気配はない。

恐る恐る玄関へ行ってみると、ドアの鍵が開いている。そして、サンダルが一つ失くなっていた。

「また……面倒なことしてくれるわ」

義父、伸介が出て行ったのだ。

どうしよう？——美奈代は少し迷ったが、

「じき、戻って来るわ」

と、自分に言い聞かせた。

そう。どこへ行くったって、行く当てはないはずだ。しかも、夜はもう冷える。

パジャマのままで出て行く気はとてもしなかった。

「子供じゃないんだわ。放っときゃいい」

そうだ。気付かなかったと思えば……。

美奈代はちょっと首をすくめて、急いで布団へと戻って行った。

——そのころ、加藤伸介は夜道をトボトボと歩いていた。

美奈代の、襖越しに聞こえてくる非難の声に耐えられなくなったのである。

確かに、今日はとんでもないことをしてしまった。軽はずみと言われても仕方ない。それでも、ああまで言わなくたっていいではないか。美奈代は、はっきりと言外に、

「邪魔だから出て行くか、早く死んで」

という思いをこめていた。

どうせ俺は邪魔なんだ……。

ひどく寒かった。——それはそうだろう。伸介はよれよれになった、袖口のすり切れたパジャマしか着ていなかったのだ。

風邪を引く？　いいじゃないか。

それで肺炎にでもなって死んじまえば、何もかも片付くというものだ。

小さな公園があった。もちろん、今は誰もいない。

伸介は中へ入ると、ベンチに腰をおろした。

このまま朝になって死んでいたら——。

もちろん敬一は泣いてくれるだろう。あの美奈代も少しは悲しんでくれるか、それとも「言い過ぎて悪いことをした」と悔んでくれるか……。

「そんなわけがあるもんか！」

と、思わず口に出していた。

あの冷たい嫁は、伸介が死ねば、ホッとするだけだろう。そう思うと……。

そうだ。こんな格好で死んでいたら、どこの誰かも分らない。ホームレスとして、どこかへ葬られてしまうかも……。

そう考えると、ここで死ぬわけにはいかない。

帰ろう。——死ぬことはいつでもできる。

伸介はベンチから苦労して立ち上った。

そして、足を引きずるように歩き出したが……。

不意に車が一台、伸介のそばで停った。

びっくりして足を止めると、車のドアが開いて、

「乗れよ」

と、男の声がした。「送るよ」

「いや、私は……」

「寒いだろ。そんな格好で。いいから乗りな」

後ろの座席から、男は話しかけていた。運転しているのは他の男だ。

「じゃあ……。すぐそこでね」

「いいとも。さ、乗りな」

伸介は車に乗った。——中は暖かく、シートは快適だった。

「こりゃいい車だね。何て車なんだね？」

と、伸介は訊いた。

「これはＢＭＷだよ」

「外車か！　いや、やっぱり違うね！」

と、伸介は感心して言うと、思い切りクシャミをした。

「――風邪引いたんじゃないのか？」

と、男は笑って言った。

「いや、ちょっと寒かったんでね……」

と、伸介はハナをすすって、ふと、「――どこかで会ったかね」

「そうかい？」

「何だか、その笑い方を、どこかで聞いた気がして……」

と言って、伸介は、「うちがどこか、知ってるのかい？」

車がちゃんと道を辿っているのがふしぎだった。

「ああ、分ってるとも」

男がシートで寛《くつろ》いで、口笛で、あるメロディを吹いた。――伸介が息を吞んで、

「お前だな！『お使いをすれば五千円やる』と言って……」

「やっと分ったのか？」

「その口笛が……。〈庭の何とか〉いう曲だろ」

「〈庭の千草〉だ。ちゃんと憶えとけよ、こんな有名な曲のタイトルくらい」

と、男は言った。

あのとき、男は口笛でこのメロディを吹きながら、伸介の方へやって来て、

「ちょっと頼まれてくれないか？」

と言ったのだった。

「降ろしてくれ！」

と、伸介は怒って、「お前のおかげでひどい目にあったんだ！」

「降ろしてやるとも。ちゃんと家の前でな」

と、男は言った。

――車は、やがて加藤伸介の住んでいる都営住宅の建物のそばで一旦停ると、ドアが開いて、伸介が転り出た。

車はすぐに走り去って、後には、うずくまるように伸介が倒れていた。

――玄関のチャイムがうるさく鳴って、敬一と美奈代が目を覚ましたのは朝の六時過ぎだった。

早朝、ジョギングを習慣にしている近所のサラリーマンが、倒れている伸介を発見したのである。

伸介の首には細い紐が深く食い込んでいて、八十歳を目前にした老人は、すでに息絶

えていた……。

2 冷酷

「お兄さん……」

と、晴美が言った。

「うん。昨日の老人だ」

片山は、路上で冷たくなっている、パジャマ姿の加藤伸介を見下ろして肯いた。

「殺されたのね。——ひどいわ」

「この手口は、慣れた人間だな」

と、片山は言った。「一気に首を絞めてる。争った様子もないし」

「じゃあ……」

「きっと、この老人に金の受け取りをさせようとした奴がやったんだろう。顔を見てたわけだからな」

「でも、ほとんど何も憶えてなかったじゃない。それなのに……」

「ひどい奴だ」

片山も思わずそう言っていた。

「──片山さん」

石津《いしづ》刑事が都営住宅のアパートから出て来た。「この人の息子さんが」

「うん、検視官が来たら教えてくれ」

「分りました」

四階建の大分古くなったアパートである。

団地というほど広くないが、一応三つの棟が並んでいた。

階段を下りた所に、コートをはおった夫婦が立っていた。

「加藤さんですね」

と、片山は言った。「お父様はお気の毒でした」

「親父は……殺されたんですか」

と、夫の方が言った。

「ええ、全くひどいことで……」

と、片山は言って、「加藤敬一さんですね。奥さんは美奈代さん」

名前を確認したりすると、気持が落ちついて冷静になる。

「いくつかお伺いしたいことが──」

と、片山が言いかけると、

「分ってます」

と、敬一が言った。

「分ってる、とは」

「誰が親父を殺したか」

「どういう意味です？」

「親父を殺したのは、こいつなんです！」

と言うなり、敬一は妻を殴りつけた。

美奈代がコンクリートの階段に仰向けに倒れた。

「何をするんです！」

片山が敬一の腕をつかんだ。

「こいつが……親父を散々責め続けて、ここから追い出したんです！　夜中に親父は家を出て行って……。外へ出なきゃ、殺されずに済んだんです！」

敬一は怒りに声を震わせている。

「それとこれとは別ですよ！　お父さんを殺したのは、おそらく〈オレオレ詐欺〉の犯人の一人です。奥さんを殴ってどうなるというんですか！」

片山の言葉に、敬一は、

「親父が可哀そうで……」

と泣き出した。

「——奥さん、大丈夫ですか？」

片山は美奈代の方へ声をかけたが……。

美奈代はぐったりして動かなかった。階段で頭を打っていたのだ。

「石津！　救急車だ！」

と、片山は叫んだ。

「〈二重の悲劇〉か……」

朝刊を広げて、高畠和人は言った。「気の毒にな」

「何の話？」

トーストを食べながら、妻の雪乃《ゆきの》が訊いた。

「例の〈オレオレ詐欺〉さ」

「また？」

「受け取り役に使われそうになった年寄が殺された」

「まあ……」

「その年寄を責めていた息子の嫁を、息子が怒りに任せて殴ったら、頭をひどく打って、意識不明だそうだ」

「何てことでしょ……」

「悪いのは詐欺グループなんだ。それなのに……」

と、高畠は言った。「小夜子の奴も、母さんにひどいこと言ったらしいからな」

「小夜子さんの気持も分るけど……。でも後悔してるでしょ、今は」

「たぶんな」

「私、今日は仕事が早く終るの。お義母さんの所へ行ってみるわ」

「頼む。なかなか行く時間が取れない」

——五百万円を騙し取られたショックで、母、高畠美智代はトラックにはねられた。

一命は取り止めたが、意識は戻らないままだ。

病院までは二時間近くかかるので、忙しい高畠和人は、せいぜい月に一、二度しか顔を出せなかった。

「おはよう！」

娘の深雪が欠伸《あくび》しながらダイニングに入って来た。

今、中学三年生の十五歳。——私立の女子校で、ブレザーの制服がよく似合っている。

「早くしないと遅刻するわよ」

と、雪乃が言った。「ハムエッグ、食べてく？」

「五分でできる？」

「簡単よ。自分で紅茶いれて」

「うん」

深雪はティーカップを出して来ると、紅茶を自分でいれた。

高畠のケータイが鳴った。

「――何だ、朝から」

高畠はケータイを手に取った。メールだ。

〈朝早くごめんなさい！

今夜、約束の時間には行けそうにないの。一時間遅らせて〉

「――どうしたの？」

と、雪乃が言った。

「早朝会議だ」

と、高畠は肩をすくめて、「一日の半分は会議で潰れてる」

コーヒーを飲む。

ふしぎな出会いだった。

トラックにはねられた母のことを診てくれた、元看護師の女性。――親見泰子《おやみやすこ》という女性だった。

救急車にも一緒に乗って、付き添ってくれた。――高畠は、その礼に、と彼女を食事に誘い、彼女も断らなかった。

そして、当り前のように親見泰子と高畠は恋人同士になっていた……。

「——はい、さっさと食べて」

と、ハムエッグの皿を深雪の前に置く。

「うん」

深雪は、チラッと父の方へ目をやった。

父が、メールを消去しているのに気付いていた。

仕事のメールなら、そんなに急いで消去する必要はないだろう。

深雪には興味があった。——お父さん、何を隠しているんだろう？

「お母さん、トーストちょうだい」

と、深雪は言った。


「いいですね」

と、弁護士は念を押した。「この足で、奥さんの見舞に行くんですよ」

「はあ……」

加藤敬一は、ぼんやりした様子で肯いた。

「分ってますか？」

弁護士は三十代の女性だった。名前を何というのか、敬一はもう忘れていた。

「ああ……。ええ、分ってますよ」

敬一はうるさそうに言った。「僕だって子供じゃないんだ。何度も言われなくたって……」

「そうですか」

と、弁護士は嘆息して、「じゃ、私の名前は分ります？」

「え？　そりゃあ、もちろん……」

「言ってみて下さい」

「知ってますとも。市谷《いちがや》……じゃなかった。市山《いちやま》？　市川《いちかわ》」

「市田《いちだ》です。市田岐子《みちこ》。——私は法廷があるのでついて行けません。ちゃんと奥さんの入院してらっしゃる病院に行けます？」

「そりゃもう……」

「メモ、渡しましたよね？　そこにちゃんと書いてありますから」

「分ってます」

「じゃあ……ちゃんと行って、奥様に謝って下さい。たとえ奥様の意識が失くても」

「はい、大丈夫です……」

——保釈になった加藤敬一が、ヨタヨタと歩き出すのを、弁護士の市田岐子は心配げに見送っていたが、

と、自分へ言い聞かせるように言って、敬一とは反対の方へ歩き出した。

「気にしてたらきりがないわね」

謝れって？

俺が謝る？　どうしてだ？

俺が何をしたって言うんだ？

加藤敬一は、自分がどこへ向っているのかもよく分らないまま、フラフラと歩いていた。

女房を殴った。——それのどこがいけないんだ？　誰だってやってることじゃねえか。

そうだとも！

そりゃ、美奈代の奴は今、意識不明で入院してる。でも、それはたまたま運が悪かっただけで……。そんなのは俺のせいじゃないさ。そうだろ？

「腹が減ったな……」

敬一は足を止めた。目の前に安い定食屋がある。

ポケットには、

「病院までの交通費ですよ」

と言って、あの小生意気な女弁護士が渡してくれた三千円が入っていた。

そうだ。腹が減ってはいくさができぬ、だ。

敬一は定食屋に入って、一番安い定食を頼んだ。すぐに出て来た盆の定食をアッという間に平らげてしまうと、少し落ちついてものを考えられるようになった。

「お茶をくれ！」

と怒鳴って、「確かに……まずかったか」

刑事の前で美奈代を殴っちまった。ついカッとなってのことだが。

お茶を注《つ》ぎに来た女の子が、

「まずかったですか？」

と、仏頂面で言った。

「え？　——あ、いや、そうじゃないんだ。飯がまずいって言ってんじゃねえよ」

と、敬一は笑って、「凄く旨かったぜ。本当だ！」

何日ぶりかで笑った。

そして、病院へ行く道順のメモを取り出した。

——バスを乗り継ぎ、敬一は一時間ほどかけて病院に着いた。

美奈代は病室の一番奥のベッドで眠っていた。いつ目覚めるか分らない眠りだ。

敬一も、何本もの点滴を入れられて、表情もなく眠っている妻を見ると、辛い気分になって来たが、それでも、「たまたまツイてなかっただけだ」という気持が抜け切らない。

一応、美奈代に向って、小さく申し訳程度に頭を下げ、

「悪かったな」

と呟《つぶや》いた。

すると——。

「ご主人ですか？」

と、声がして、敬一はびっくりした。

振り返ると、白衣を着た長身の男が立っている。

「はあ……。女房の……」

「私が担当医師です」

「どうも。——よろしくお願いします」

医師に促されて廊下へ出ると、

「女房はどんな具合でしょうか」

と、敬一は訊いた。

心配して、というより、何か訊かないと悪いような気がしていたのだ。

「いつ意識が戻るか、全く分りません」

と、医師は言った。「相当強く頭を打っていますからね」

「そうですか。——たまたま、運が悪かったんで」

「事情は聞いています。あなたがリストラされて、奥さんがずっと生活を支えていたそうじゃありませんか」

「それはまあ……。もう四十八なんで、なかなか次の仕事が見付からなくって……」

医師は、敬一と二人で、階段の辺りへ来ると、

「反省しなきゃいけませんよ」

と言った。「分ってますか？」

「はあ……。分っちゃいますが、あいつも良くないんで。年取った親父にガミガミ言って……」

「しかしね」

と、医師は言って、敬一の背後に回ると、「自分の女房は大事にしなきゃいけませんよ」

いきなり細い紐が敬一の首に巻きついて、一気に引き絞られた。敬一がカッと目を見開く。

「あの世で、親父さんと仲良くしな」

白衣の男はそう言って、紐を外した。敬一がその場に崩れ落ちる。

白衣の男は静かにエレベーターへと歩いて行った……。

3　寄宿舎

ドアが勢いよく開いて、

「行こうよ！」

と、野崎敦子《のざきあつこ》が顔を出した。

机に向っていた和美《なごみ》が手を止めて振り向いた。

野崎敦子は、ちょっと戸惑ったように、

「どうして仕度してないの？」

と訊いてから、ハッとして、「――あ、そうか。和美……」

「私、帰らないから」

和美は微笑んで、「一人で留守番してるよ」

と言った。

「ごめん。忘れてた」

「いいよ、そんなこと。みんな家に帰るの、楽しみにしてて、浮き浮きしてるものね」

「でも、私、聞いてたのに……」

と、敦子は言ってから、「ねえ、和美、良かったらうちに来ない？　ちっとも構わないよ」

「そんなわけにいかないよ」

と、和美は笑って、「突然、見たこともない子を連れて帰るなんて。お宅でびっくりしちゃう」

「うん……」

敦子は、この春休み、家族で地中海クルーズに行くことになっている。和美はちゃんと憶えていた。

「でも、気持は嬉しい。ありがとう、敦子」

「うん。じゃあ……私、迎えが来るから」

「見送りに行くよ」

と、和美は立ち上った。

三輪山《みわやま》和美は十六歳。この寄宿制の〈K学院〉の高校一年生である。この春休みが終って新学期が始まれば二年生になる。

廊下へ出ると、

「上？　下？」

と、和美は訊いた。

「上に来る」

「じゃ、バッグ一つ持ってあげる」

「でも……」

「いいから……」

敦子は、キャスターの付いたトランクを二つも押していた。手にさげていたバッグを、和美が持って、二人はエレベーターの方へと歩いて行った。

その間にも、大きなトランクやスーツケースをガラガラと転がしながら、ほとんど駆けるような勢いで生徒たちが行き交っている。

久しぶりにうちに帰れる！

寄宿舎での暮しは、それなりに楽しいが、やはり自分の家にまさる場所はないのだ。

中央が吹抜けになった、この〈生活棟〉では、石造りの建物に、ひときわ声や音が響き渡る。

エレベーターも、建物同様に古いので、ゆっくりと上って行く。

「——和美、どこか遊びに行く予定とかないの？」

と、敦子が訊いた。

「うん。私、もともと出かけるの、好きじゃないし」

と、和美は言った。

「でも、ずっとここにいるの？」

「図書室の本、一人占めだもん。何より嬉しい」

「和美、本が好きだものね」

文学少女。——今どきはやらないこんな言葉が、和美にはぴったりくる。
小柄でほっそりして、色白で端正な顔立ち。その印象も、太陽の下を駆け回るより、一人で本を読んでいる方が似合っていた。

エレベーターが〈R〉まで上って止る。扉がガラガラと音をたてて開くと、二人は建物の屋上に出た。

爽やかな風が吹いて来る。

静かな山間《やまあい》にある、この〈K学院〉の寄宿舎は、周囲を深い緑に囲まれていた。

「地中海の太陽はまぶしいだろうね」

と、和美が言った。「でも、あんまり日焼けすると、体に悪いよ」

「うん。——メールするよ」

「写真も送って。すてきな男の子の写真もね」

「いい子がいるといいけどね」

と言って、敦子は、「あ、来たみたい」

と、まぶしげに空を見上げた。

バタバタと音をたてて、空のかなたにポツンと見えたのは、ヘリコプターだった。

「風をよけよう」

と、敦子が促す。

二人は、屋上のエレベーターのかげに入って、ヘリコプターがやって来るのを待った。

金持の家庭の子たちが多いこの寄宿舎には、休みになると、こうしてヘリコプターで子供を迎えに来る親も珍しくない。とはいっても、十数人というところか。

野崎敦子もその一人である。

屋上のヘリポートにヘリが着き、爆音と風がおさまると、二人は出て行った。

「ごめんなさい、遅くなって!」

ヘリから降りて来たのは、ピンクのスーツを着た女性。敦子の母親だ。

「別にいいよ、ママ」

と、敦子が言った。

ヘリの操縦士が、敦子の荷物を素早く運び込んだ。

「じゃあね」

と、和美が手を振った。

「うん。――また新学期にね」

と、敦子は微笑んだ。

「お友達？」

と、敦子の母が言った。

「和美だよ。三輪山和美。何度も会ってるでしょ」

と、敦子が母親をにらむ。

「あ、そうだった？——先生にご挨拶しなくていいかしら」

「いいよ。先生だって、もういない人もいるし」

「じゃ、出かけましょ。飛行機の時間があるから」

「うん」

敦子と母親がヘリコプターに乗り込み、飛び立って行くのを、風に目を細くしながら和美は見送って手を振った。

ヘリが見えなくなると、

「髪がバラバラだ」

と呟きつつ、エレベーターへと歩いて行った。

和美の部屋は〈308〉である。

ここでは寄宿生一人一人、個室で暮している。

廊下はさっきより大分静かになっていた。迎えに来た親と一緒に行った子が多いのだろう。

それでも吹抜けに、バタバタと足音がいくつか響いていた。

このまま部屋に戻るのも気が進まなかったが、ヘリの風で髪がひどい状態だ。

一旦〈308〉へ入って、洗面台でブラシを使うと、またすぐに廊下へ出て、階段を一階へと下りて行った。

〈生活棟〉の前には、まだ迎えの車が十台以上停っていた。どれも高級車だ。

顔見知りといえば、ほとんどどの子も知っているが、同じクラスの子が、

「和美、またね！」

と、手を振って、ロールスロイスに乗り込んで行く。

一台、また一台、車が生徒を乗せて走り去って行った。

「あら、ここにいたんですか」

と、砂利を踏む足音がして、〈おばさん〉がやって来た。「お見送り？」

「車を眺めてるだけでも楽しい」

と、和美は言った。「私、十八になったら、すぐ免許取って、自分の車を運転したい」

「まあ、スピード狂？　気を付けて下さいね」

と、〈おばさん〉は笑って、「お昼、まだでしょ？　用意してありますよ」

「ありがとう」

和美は、〈おばさん〉と一緒に〈生活棟〉の中へと戻って行った。

〈おばさん〉のことは、名前も知らない。——当人が、

「〈おばさん〉でいいのですよ」

と、初めから言ってくれている。

最初に、この〈K学院〉に着いて、不安な子を、〈おばさん〉の笑顔はホッとさせてくれる。小太りだが、器用で、少々の修理なら自分でやってしまう。

「どこで食べるの？」

と、和美が訊くと、〈おばさん〉はわざと真面目になって、

「もちろん、食事は食堂でとるんですよ！」

と言った。

「え？　でも……」

と、和美は目を丸くした。

——学期中、毎日食事は全員で食堂でとることになっていた。

両開きの大きなドアを開けると、

「さあ、どうぞ」

と、〈おばさん〉は言った。

体育館ぐらいの広さのある建物。高い天井、ステンドグラスから射し込む光。

元は礼拝堂だった建物なので、こうなっているのだ。

〈K学院〉そのものが、山の中に百年も前に作られた修道院の建物を改装して作られている。石造りなのもそのせいで、もちろん今は暖房も入って暖かいが、昔は冬になると廊下でも息が白くなったという。

ただし、冷房はない。夏でも、この山中は涼しくて、必要がないからだ。

ズラッと並んだテーブルと椅子。

「こんなに広いんだね」

と、和美は言った。

「そうですね。空っぽになると広く見える。それと、静かね」

と、〈おばさん〉は、いたずらっぽく笑った。「さあ、席について」

「はい!」

和美も面白くなって、何百人分もある席の中、いつも座っている自分の席についた。

〈おばさん〉は、ちゃんとそこに真白なナプキンと、ナイフとフォークをセットしておいてくれた。

スープが出る。そしてサラダ。

「今日は子牛肉ですよ」

と、皿にピカタが供された。

「〈おばさん〉、これ、わざわざ私一人のために？」

と、和美が訊くと、

「生徒さんが一人でもいれば、食事は用意しますよ」

「悪いね」

「ちゃんと月謝払ってるんだから、――それに、あなた一人じゃない」

「え？　私の他にも残る子がいるの？」

「生徒はいないけど、この私がいます」

「あ、そうね。忘れてた」

「この大《お》つきな〈おばさん〉を忘れてた？　冗談でしょ」

「じゃ……いただきます」

和美はナイフとフォークを手に取った。

「――お味はいかが？」

「うん！　凄くおいしい！」

と、和美は肯いて、「――〈おばさん〉は帰らないの？」

「私には、この学院が家」

と、〈おばさん〉は言って、食堂の中を見回した。「どこへ行くったってね。ここにいるのが一番気楽でいいのよ」

和美が食事を済ませてしまうと、ちゃんと食後の紅茶が出て来た。

「でも、〈おばさん〉、お休みの間、ずっと私一人のために食事を？」

「もちろんですよ。そうでなくちゃ、あなたが飢え死にしちゃうでしょう」

「ありがとう」

と、和美は言った。「――紅茶、おいしい！」

〈おばさん〉が空になった皿を下げて行くと、和美は一人で紅茶を飲みながら、ゆっくりと食堂の中を見渡した。

――三輪山和美は、祖父のおかげでこの学校へ入れた。

ともかく、一年間の授業料と、生活費を合せると相当な金額になる。祖父は、高校三年分の費用を一度に払ってくれたのである。

「一人もいいな、気楽で」

と、和美は呟いた。

そうは言っても……。むろん和美だって友人が一人もいなくなって、ひと月近くをここで過すとなると、寂しいと思わないでもなかった。

でも――どうしても、家には帰れなかったのだ。

それならいっそ――。というより、ここにいるしかなかったのである。

それならそれで、和美はここでの一人暮しを大いに楽しもうという気になっていた。ふてくされたり、すねたりしているのは、和美の性に合わない。

「ごちそうさま」

と、ティーカップを置いて言うと、立ち上る。

「——あら、紅茶のおかわりは？」

と、〈おばさん〉が遠くから訊いた。

「もう充分。ごちそうさま」

と、和美は言って、「部屋に戻ってる」

「はいはい。ご自由に」

と、〈おばさん〉は微笑んで、「夕食はここで午後七時ですよ」

と言った……。

食堂を出ると、もうすっかり〈生活棟〉は静かになっていた。

この〈生活棟〉の他に、毎日授業をする〈講義棟〉があり、そこにはたぶんまだ先生が何人か残っているはずだった。

いや、その辺のことは、和美もよく知らなかった。

正直、あの〈おばさん〉が残っていてくれなかったら、どうしたらいいのか——。この近くにコンビニなんてないのだし——。

でも、何となく、「きっと大丈夫だ」と思っていたのは、「事情があって、休み中、ここに残ります」と、先生に言ったとき、

「分りました」

とだけ、答えてくれたからだ。

階段を駆け上って、〈308〉に入る。

TVは部屋にはないが、下の〈休憩室〉にある。

でも、各自のパソコンはあるし、もちろん今どきの子でケータイも持っている。友達と話したければ話もできる。

そうだ。寂しいことなんか、何もない。

自分にそう言い聞かせて、和美はベッドに寝転った。

手にしたケータイにメールが来た。さっきヘリを見送った敦子からだ。

〈和美！　さびしくて泣いてない？

地中海からメールするよ。　　　　　　　　　　　敦子〉

「どうぞ楽しんで来て……」

と、和美は呟いた。

すると、机の上のパソコンにメールが着信する音がした。誰だろう？

仲のいい友人などは、ケータイへメールして来る。

ベッドから起きて、パソコンを開いた。

〈三輪山和美様

ご依頼のありました件につき、現在の状況をご報告します。

《K学院》宛てに学費を振り込んだ、和美様の祖父に当る方について調査いたしました。

和美様の祖父、三輪山涼一《りよういち》様はご存命です。ただし、箱根の老人ホームに入居しておられて、直接訪ねてみましたところ、認知症が進み、入金や送金の処理ができたとは考えられません。

ホームの人間に確認しましたが、もうここ三年近く、三輪山様の症状は変らず、来客もないとのことでした。

ご依頼の件に関しましては、学費を振り込んだのは、三輪山涼一様の名前を使った別人であると思われます。

個人情報の規制もあり、これ以上の調査は困難です。

私どもとしましては、調査はこれで終了とさせていただければ幸いです。

ご了承いただけるようなら、請求書をメールにて送らせていただきます。

R興信所〉

和美はしばらくそのメールを眺めていたが、やがてちょっと肩をすくめると、

〈了解いたしました。

調査は打ち切っていただいて結構です。請求書を送って下さい。

三輪山和美〉

メールを送信した。

机の前を離れて、ベッドへ戻りかけると、またパソコンにメールが来た。

誰だろう？

和美はもう一度パソコンの前に戻った。

〈三輪山和美さん
突然メールを差し上げて、すみません。
目下捜査中の事件につき、お訊きしたいことがあって、そちらへ伺いたいと思います。
差し支えなければ、明日午後に《K学院》の方へ行きます。
当方は、警視庁捜査一課の片山義太郎です。妹一人と、三毛猫一匹が同行します。
よろしく。
片山義太郎〉

はあ？

刑事？　どうして刑事がここへ？

それに……「妹一人と三毛猫一匹」って……。

「変なの」

思わず笑ってしまいそうになる。

和美は、返事した。

〈片山様

了解しました。

明日、お待ちしています。

三輪山和美〉

「三毛猫一匹か……」

和美はそう呟いて、立ち上ると、思い切り伸びをした……。

4　留守番同士

午後、三輪山和美は専《もっぱ》らメールを送っていた。

寄宿舎を発って行ったクラスメートたち。その誰もが、和美が一人で寄宿舎に残っていること、そしてなぜ残らなければならなかったかを知っている。

けれど、みんな何か月ぶりかで家族に会っているのだ。その興奮で、一人の友達のことなど忘れてしまっていてもおかしくない。

だから、和美は友達の一人一人にメールを送った。もちろん、一人でここに残っていることが寂しいとか、心細いなんて情ないことは書かない。

いや、自分が残っていることにも触れず、まるで自分も両親が迎えに来て、今、懐しい家へ帰る途中ででもあるかのように、

〈また新学期に会おうね！〉

と、メールの文を結んだ。

そして、さらに、

〈そのときは、もう二年生だね！〉

と、付け加えたのだ。

でも、その言葉の陰で、和美は自分が〈私のことを忘れないでね！〉と訴えているのだと分っていた。

一通、また一通とメールを送る度、何となく自分が「取り残された」気がして、いつの間にか瞼に熱い涙がポツリとともったりしていた……。

——いけない、いけない。

私は一人に慣れている。孤独が好きなんだ。そのはずだ。

たとえ、心の奥底のどこかに「誰かと一緒にいたい」という気持があっても、それを隠すのに慣れている。

そういう自分を、和美は誇りに思っていたのだ……。

「——ああ、疲れた！」

たて続けに、何十通ものメールを送って、さすがに目が疲れ、頭が痛くなって来たので、机の前から離れることにした。

まだ、「一日め」なのに、こんなことしてて、どうするの？　——和美は自分をからかってみた。

「そうだ」

休憩室に行ってみよう。

いつもはワイワイガヤガヤと女の子たちのおしゃべりで騒がしい休憩室だが、今日は静かなはずだ。

〈308〉の部屋を出て、階段を駆け下りる。

一階の奥に〈休憩室〉がある。大型TVもあって、これからは和美の独占だ。

階段を一階まで下りたところで、足が止った。

「え？　——これって？」

聞こえて来たのはピアノの音だった。滑らかな調べ。あれはCDやTVの音じゃない。生《なま》のピアノの音だ。

でも、誰が弾いてるんだろう？　——休憩室にはアップライトながら立派なピアノが置いてある。

あまり、誰かがそれを弾いているところを見たことがないけど……。

休憩室のドアは大きく開け放たれていた。和美は、まるで何か悪いことをしようとするかのように、そっと休憩室の中を覗き込んだ。

「あれ……西川《にしかわ》先生だ」

と呟くと、静かに休憩室へと入って行く。

ピアノを弾いている女性の姿は斜め後ろから見えていたが、顔ははっきり見えなくても、誰かはすぐに分った。

〈K学院〉に、これほどスラリとスタイルが良く、背筋が真直ぐに伸びて、見ていて気持のいい先生は他にいなかったからだ。

それにしても……。その白くて長い指が鍵盤に踊るさまの美しいこと！　そしてショパンのバラードが何てすてきに紡ぎ出されていることか。

最後の和音が休憩室の空間にしみ渡っていく。そして――。

和美が拍手すると、西川先生は飛び上りそうになって、

「ああ！――びっくりした！」

と、立ち上って振り向くと、「三輪山さんなの！　気が付かなかったわ！」

「ブラボー、先生！」

と、和美は言った。「先生がそんなにピアノ、上手だったなんて！　どうして隠してたんですか？」

「隠してたんじゃないわよ。音楽の授業を受け持ってるわけじゃなし、弾く機会なんてないじゃないの」

「でも――並の腕じゃないわ。私だって少しはピアノ、やってたんですもの、分りますよ」

「大げさよ」

と、西川郷子《さとこ》は笑って、「ピアニストを目指して頑張ってたのは、遠い昔の話」

「先生、まだ若いのに、『遠い昔』なんて、おかしいわ」

「そんなことないわ。三十四になれば、充分『昔』があるわよ」

と、西川郷子は言った。「もう、みんな帰って行ったのね」

「そうみたいです。でも――先生は？」

「私？　私もお留守番」

「え？　本当に？」

「どう？　コーヒーでもいれるわ。休憩室を二人で独占しましょ」

「ええ！　でも、先生にそんなことさせちゃ悪いわ」

「いいのよ。簡単にいれられるセットがあるわ。そこのソファに座ってて」

止める間もなく、西川郷子は休憩室を出て行った……。

「ここがこんなに静かになることがあるなんて……」

と、コーヒーカップを手に、西川郷子は言った。

「そうですね」

と、和美は肯いて、いれてもらったコーヒーをひと口飲むと、「――おいしい」

二人は生徒たちの重みで、大分クッションの悪くなったソファに並んで座っていた。

「もう三月……」

と、郷子は呟くように言って、「でも、夜は冷えるわよ。風邪引かないでね」

「はい、大丈夫です」

少し間があって、

「和美さん――って呼んでいい?」

「え? もちろん! 嬉しいな」

「じゃあそうするわ。『和美』を『なごみ』って読ませたのはどなた? お父様?」

「いえ、祖父だって聞いてます」

「ああ、三輪山……涼一さん、だったっけ?」

「そうです。もうじき九十になります」

――和美が三歳のとき、両親、三輪山昭夫《あきお》と冴子《さえこ》は飛行機事故で死んだ。アフリカの奥地で、学校を建てる活動をしていた、と和美は、その後面倒をみてくれた叔父、三輪山哲夫《てつお》から聞いた。

一人っ子だった和美を、叔父夫婦はちゃんと育ててくれたが、中学校から、この〈K学院〉で寄宿舎生活を送ることに決めてしまった。

和美は、なぜ叔父夫婦が突然自分をここへ入れることにしたのか、分らなかった。そして高校へ上るとき、祖父が三年分の学費と入学金を払ってくれたのだ。――そのはずだ。

でも、祖父はもう認知症が進んでいるという……。

入学して一年たつので、その間に急に認知症が進んだのかもしれない。きっとそうだ。

「じゃあ……親しい人は、そのお祖父《じい》様だけ？」

と、郷子が訊いた。

「そうですね……。叔父さんたちもいなくなっちゃったし……」

叔父、三輪山哲夫と妻の五月《さつき》は、三か月前、屋敷が全焼し、二人とも逃げ遅れて死んだ。古い木造の広い屋敷で、火の回りが早かったと聞いている。

叔父夫婦が亡くなり、屋敷も焼けて、和美には「帰る所」がなくなったのだ……。

でも、和美は、小さいころから一人で生きることに慣れていた。

ほとんど記憶のない父と母も、和美を人に預けて年中海外へ出ていたし、叔父夫婦も「義務を果している」という感じで、和美を「わが子のように」可愛がったり、叱ったりはしてくれなかった。

「――先生は？」

と、和美に訊かれて、何か考えごとをしていたような郷子はハッとして、

「え？　何ですって？」

「先生はどうして帰らないの？」

郷子はちょっと迷っているようだったが、

「そうね……。私ももう両親は亡くなってて、弟が一人いるだけなの。もちろん、家はそのまま弟が住んでるんだけど、この前帰ってみると、弟は彼女を連れ込んで一緒に暮してたの」

「そうだったの?」

「こっちは邪魔者ってところ。今、一人で住むための部屋を捜してるところよ」

と、郷子は言った。

「お互い孤独ですね」

「本当。でも、孤独って嫌いじゃないのよ、私」

「あ、私も!」

「じゃ、孤独を愛する者同士、仲良くしましょ」

「はい! ——でも何だか矛盾してるみたいだ」

二人は一緒に笑った。

三十四歳の教師と十六歳の生徒というより、「仲のいい女の子」同士のような笑いだった。

「——これからしばらく、どう過そうかしらね」

と、郷子は言った。「私、車があるから、少しドライブしましょう。二、三時間行くと温泉もあるのよ」

「へえ！　楽しそう」

「ここは二日や三日留守にしてたって、大丈夫」

「〈おばさん〉いますよ」

「ええ、そうね。充分ガードマンもやってくれるわ」

「あ、そういえば……。ガードマンで思い出した。明日……」

「明日？」

「刑事さんがここへ来るんです」

和美がメールのことを話すと、

「――刑事さんがどうして？」

「分りません。今、捜査中の事件のことで、って」

「何かしらね？　和美さんがギャングのボスだったりして？」

「いいなあ！　女ゴッドファーザー！　やってみたい」

「でも、〈妹と三毛猫〉って何なの？」

「分りません。ただ一緒に来るって」

「そう。――ま、退屈しのぎにはちょうどいいかもしれないわね」

和美も郷子の言葉に同感だった。

その夜、夕食は広い食堂で、和美と郷子が向い合って食べた。

「悪いわね、〈おばさん〉」

と、郷子が言うと、

「ちっとも。お二人分の食事をこしらえてるだけで、ちゃんとお給料をいただけるんですから、何よりです」

と、〈おばさん〉は言って豪快に笑った。

食事の後、郷子が立って、

「コーヒーは任せて！〈おばさん〉もここに座ってて。私がいれてくる」

と、小走りに食堂から出て行った。

「そうだ、〈おばさん〉、明日ね……」

片山刑事たちの来訪のことを話すと、〈おばさん〉は、

「分りました！　夕食を四人分用意することになりそうですね」

「それと三毛猫一匹とね」

「猫って、今どきは何を食べるのかしら？」

と、〈おばさん〉は首をかしげた。「私の子供のころは、人の食べ残しみたいなものをあげてたけど……」

「今の猫は、そんなもの食べないと思うよ。私も飼ったことないけど」

「そうですよね、きっと。――でも、この辺じゃ〈キャットフード〉なんて売ってないし……」

と、考え込んでいる。

「何とかなるよ、きっと」

ともかく、刑事が連れて来るっていう猫なのだ。少し変った猫なんだろう。

和美も、それが「かなり変った」猫だということは、知るはずもなかった……。

少しすると、西川郷子がトレイに三つ、コーヒーカップをのせて運んで来た。

「まあ、先生にいれていただくなんて、申し訳ないです」

「何言ってるの。休み中は先生も生徒も〈おばさん〉もなし。和美さん、私のこと、『郷子』って呼んでちょうだい」

「わあ、いいの？　じゃあ、郷子さん、いただきます！」

三人はにぎやかにコーヒーで乾杯した……。

〈308〉に戻ると、まだそう遅いわけでもないのに、和美は眠気がさして来た。

休みになってホッとしたせいだろうか。

お風呂はシャワーだけにして、パジャマに着替えると、ベッドへ潜り込む。

ベッドの中で、ケータイに沢山来ている友人たちからのメールを読もう、と……思ったのだが。

和美はケータイを手にしたまま、ぐっすりと寝入ってしまった……。

5　訪問客

「起きて下さい！　――起きて！」

体を揺さぶられて、和美は目を開けた。

「あ、〈おばさん〉、おはよう」

と言って、欠伸すると、「もう朝？　まだ夜中？」

「今、十二時です！」

と、〈おばさん〉は言った。

「十二時？　夜の？」

「とんでもない。もうお昼ですよ！」

和美はびっくりして、

「そんなに寝ちゃったの？　凄い！　朝、起こしてくれりゃ良かったのに」

と、ベッドに起き上る。

「それが、私も寝坊しちゃったんですよ。つい三十分前に起きたばっかり」

「〈おばさん〉が？　へえ！　そんなことあるんだ！」

「もう、我ながら困りますよ」

と、〈おばさん〉はため息をついて、「どうしちゃったんでしょう？　こんなこと生まれて初めて！」

「でも休みだから」

と言ってから、和美は、「あ、西川先生――郷子さんは？　起きてるの？」

「さあ、お見かけしていませんが……」

「まさか先生まで？　でも、起きてれば〈おばさん〉のこと、起こすよね、きっと」

そのとき、廊下に鐘の音が鳴り響いた。

「――あれ、なあに？」

「誰かみえたんですよ。お休みなのに――」

「あ！　昨日話した、東京の刑事さん！　今日の午後に、って……」

「まあ、もうお着きなんでしょうか？」

二人は顔を見合せ、あわてて一緒に廊下へ出ると、階段を駆け下りて行った。

すると、下から、

「どなた様でしょうか？」

という声がした。

「郷子さんだ!」

と、和美は言った。

一階へ下りると——玄関のドアを開けて、郷子がお客を迎えていたが……。

「先生!」

と、〈おばさん〉が言った。「それでは……」

「え?」

と、郷子は振り返って、「あ、おはよう。私、今まで眠っちゃって……」

「郷子さん……」

「和美さん、だめでしょ、パジャマで出て来ちゃ」

「でも……」

「え?」

郷子は自分がネグリジェのままなのに初めて気付いた様子で、「キャッ!」

と、飛び上った。

「ご、ごめんなさい!」

ネグリジェを翻《ひるがえ》しながら逃げて行く郷子を呆気に取られて、長身の男性と若い女性、そして一匹の三毛猫が見送っていた……。

「お恥ずかしい限りです」

西川郷子が、片山たちへコーヒーを出しながら、「せめてものお詫びにおいしいコーヒーを……」

「いや、別に……」

と、片山は言った。「皆さん、休みの初日ということで、寝坊されたんですね」

「羨しいわ」

と、晴美が言うと、その膝に乗った三毛猫が、

「ニャー……」

と応じた。

「ホームズも『同感だ』と言っています」

晴美が翻訳すると、和美も郷子も笑ってしまった。

「すてきな猫ちゃん」

と、和美が目を輝かせている。

「妙な連れだと思われるでしょうが」

と、片山が説明する。「色々、事件の解決に当って、この二人、が役に立つこともあるんです」

「それともう一人、忘れちゃ可哀そうよ」

「あ、そうか。石津という刑事がいます。ここには連れて来ませんでしたが」

「優秀な刑事さんなんですか？」

と、和美が訊く。

「まあ——食欲だけは人一倍——いや、人三倍くらい、と言っておこう」

今ごろ石津の奴、クシャミしているだろうか？

「やあ、これはおいしい」

と、片山が言うと、晴美も肯いて、

「本当。——あ、もしよろしかったら、この三毛猫に牛乳でもやってもらえますか？」

「はい、すぐに」

と、〈おばさん〉が休憩室から出て行く。

「ところで」

と、郷子が言った。「どうして——」

そう言いかけて、郷子は、

「あ、そうでした。和美さんにお話があるのでしたね。私は席を外します」

立ち上りかけた郷子を、和美があわてて引き止めた。

「いやだ、郷子さん！　一緒にいてよ」

「でも——」

「どうぞご一緒に」

と、片山が言った。「別に和美さんを逮捕しようってわけじゃないんですから」

「そしたら私、窓から飛び出して逃げなきゃ」

「まあ、そんなことにはならないよ」

片山は手にしたファイルを開けて、「このメモ、見覚えはないかな」

と、和美に一枚のメモ用紙を渡した。

「これ……」

「それはコピーだけどね。元はしわが寄って、端が少し焦げている」

大きめの手帳の一ページくらいだろうか。

そこには、〈三輪山和美〉の名にカタカナで振りがなが振ってあり、〈K学院〉の住所と、〈生活棟３０８〉と記されていた。その下には……。

「これって銀行の……」

「そう。口座番号なんだ。F銀行のM駅前支店。君の口座だね?」

「ええ……。口座番号も……確かにこの通りです」

カチッとしたていねいな字だった。

和美は顔を上げて、

「これ、どこで?」

と訊いた。

片山は直接答えずに、自分の手帳を開きながら言った。

「君、〈オレオレ詐欺〉って知ってるだろ?」

「もちろん。息子を装って、親からお金を騙し取るんですよね」

「うん。色々、騙されないようにと、キャンペーンやPRをしてるけど、なかなか被害が減らない」

と、片山は言った。「で、このところ何件か起った詐欺の犯人の組織を突き止めてね、これがかなり大きなグループだったんだ。捕えた末端の金の受け取り役が、たまたまそのグループのリーダー格の人物を知っててね。それで、そいつの身辺を慎重に調べて、アジトになってるマンションを探り当てた。取り囲んで一斉に踏み込んだが、リーダー格の男は間一髪、ベランダから飛び下りて、車で逃走してしまったんだ」

「それで……」

「どうやら、踏み込む直前に情報が洩れたらしい。その男は、屑カゴの中に証拠になりそうな書類を押し込んで火を点けた。それから逃げ出したんだ。――マンションの三階の窓から飛び下りて、足首を折るか挫《くじ》くかしたらしいが、必死だったんだろう、自分の車を運転して逃走した」

と、片山は言って、首を振ると、「肝心のリーダーを取り逃したが、組織の幹部連中はほぼ全員逮捕することができた。被害の総額は少なくとも何十億円になるらしい」

「じゃ、このメモは――」

「屑カゴに押し込まれて燃えていたのを、すぐ中身を床へぶちまけたので、底の方の何枚かはほとんど燃えずにすんだ。それはその中の一枚なんだよ」

片山の話で、和美の頭は混乱していた。

「どういうことなんでしょう?」

「それは僕らにも分らない。ただ、リーダーの男は、〈松井《まつい》明《あきら》〉と名のっていた。五十歳ぐらいだ。これは偽名だってことは分っている」

片山は手帳に挟んだ写真を取り出して、「隠し撮りした写真で、はっきり写ってはいないけど、見てくれるかな」

と、和美に手渡した。

車から降りるところだろう。

少し頭の禿げた中年男の横顔。――和美はしばらく眺めていたが、

「よく分りません」

と言った。「ただ……どこかで見たことがあるような気もするけど……」

「用心深い奴でね。顔が撮れてるのは、それ一枚しかないんだ」

と、片山は言った。「何か思い当ることがあったら教えてくれるかな」

「それで——焼こうとした書類の中に、君の銀行の口座番号があった。その理由に、何か思い当ることはないかい?」

「それは……」

と言いかけて、和美はしばらく言葉が出て来なかった。

郷子が心配そうに、

「和美さん、それって——」

「いえ、私が言わなくちゃ」

と、和美は郷子を止めて、「あの……口座を調べたんですよね」

と、片山に訊いた。

「いや、それは君の許可を得てからだよ。君が事件と係ってるという証拠があるわけではない。勝手に口座の内容を調べることはできないよ」

片山の言葉に、和美は打たれた。

「これ……たぶん、私のこの学院の費用を振り込んだんだと思います」

と、和美は言った。「他に私の口座にお金の大きな出し入れはありませんから」

この高校へ上るとき、入学金と三年分の授業料、寄宿舎の費用が一度に払い込まれたことを、和美は説明した。

「はい、もちろん」

「——それが、君のお祖父さんから？」

「そうなんです。名義は祖父の、三輪山涼一でしたけど、調べてもらったら、認知症が進んで、お金を振り込んだりすることは無理だって……」

「すると、誰か他の人が？」

和美は、実の両親の死、そして叔父夫婦の焼死について話すと、

「それで、私、祖父のことを調べてもらったんです。もし連絡取れれば、と思って。——もう他に血縁の人はいないので」

「なるほど」

片山は、手帳にメモすると、「お祖父さんの入ってる施設はどこか教えてくれるかな」

「パソコン、持って来ます」

和美が急いで部屋へパソコンを取りに行くと、テーブルに置かれた男の写真のそばへ、ホームズが寄って行った。そして、小首をかしげて写真を見下ろしている。

和美はパソコンを抱き抱えて、すぐ戻って来た。

「興信所に頼んで調べてもらったんです」

と、和美はパソコンのメールを画面に出して、片山へ見せた。

片山は手帳にメモした。

「分った。——それじゃ、この三輪山涼一さんについて、調べてみよう」

「お願いします」

と、和美は言って、「私……人を騙して手に入れたお金で、この学校へ通ってるのかしら……」

「そうとは限らないわ」

と、晴美が言った。

「でも……」

「何かわけのあることなのよ、きっと」

と、郷子が和美に言った。「事情が分らない内に、そんな風に悩んでも仕方ないわ」

「ありがとう、先生。――郷子さん」

と、和美は微笑んだが、「でももし本当にそうだったら……。私、ここを出て行かなくちゃ」

「あなたに責任はないわ、もしそうだとしても」

「でも、やっぱりそうですよ。もしかしたら、その誰かは、私を〈K学院〉へ入れるために詐欺を始めたのかもしれないじゃありませんか」

和美の言葉に、郷子も何とも言えない様子だった。

するとと、

「ニャー……」

と、ホームズが鳴いた。

「可愛いな。ホームズっていうんだっけ？」

と、和美がホームズの毛並を撫でた。

ホームズは、片山が持って来た写真のそばに座っていたが……。

「ホームズ、その写真がどうかしたの？」

と、晴美が訊いた。

「ニャオ」

と、ひと声、ホームズが一方の前肢を写真の上にのせた。

黒い方の前肢を、写真の男の、ちょうど禿げ上った頭のところにのせた。

ちょうど男の髪がふえたようで、禿げる前の写真のように見えた。そして、それを見た和美が、

「え？」

と、声を上げた。「これって……。お父さん？」

和美の言葉に、片山たちもびっくりした。

「お父さんだって？　この写真の男が？」

と、片山が訊く。

「いえ……何だか……」

和美は口ごもったが、晴美が、

「落ちついてね。急いで答えなくっていいのよ」

と、穏やかに言うと、安堵したような表情になった。

「――びっくりした」

と、和美は息をついて、「この猫ちゃんが黒い前肢を写真の男の人の禿げ上った額の上にのせたら、髪が沢山あるように見えて、それが一瞬お父さんに見えたんです」

「お父さんとお母さんが飛行機事故で亡くなったのは、あなたが……」

と、晴美が言った。

「三歳のときです」

と、和美は言った。「ですから、父といっても、顔をはっきり憶えてるわけじゃないんです」

「でも、見たとたん、『お父さん』と言った……」

「そうですね。どうしてだろう？」

「直感的にそう感じるってことはあるだろう」

と、片山は言った。「本当かもしれないし、違っているかもしれない」

「父が生きてた？――まさか」

「そうとは限らないよ」

と、片山は写真を手に取って、「しかし、ご両親が亡くなった状況を、調べてみよう」

「アフリカの奥地で飛行機事故、って言ったわね」

と、晴美は言った。

「そう聞いてます。でも、私、小さかったから——」

「当然詳しいことは知らないね」

片山は肯いて、「今からでも、調べれば何か分るだろう。飛行機がどこで落ちたか。遺体は見付かったのか……」

「もし、父が生きてたとしたら……」

と、和美は言った。「父が、その〈オレオレ詐欺〉グループのリーダー？」

「まだ何一つはっきりしてないのよ」

と、晴美は言った。「あんまり先回りして色々心配しない方がいいわ」

「そうよ、和美さん。その方のおっしゃる通り」

と、郷子が言った。

「でも……やっぱり考えちゃう」

と、和美はため息をついた。

「ニャー……」

ホームズが慰めるように鳴いて、和美のそばへフワリと飛び上った。

和美はホームズの体を撫でると、

「わあ、いい気持。触り心地いいなあ」

と、嬉しそうに言った。

「フニャ」

「ホームズも気持いいって言ってるわ」

と、晴美が言った。「――それにしても凄い学校ね。しかも寄宿舎ったって、こんなに立派で……」

「昔は修道院だったのを、改築したんです」

と、〈おばさん〉が言った。

「そうなんですね！　まるでヨーロッパへ来たようだわ」

「良かったら、泊ってって下さい」

と、〈おばさん〉が微笑んで、「部屋はいくらもあります」

「いや、そんなわけには……」

と、片山が言いかけると、ホームズがふと片山の方を見た。

その目には、何かが浮んでいた。

晴美もそれに気付いた。

「ね、お兄さん、せっかく言って下さってるんだから、泊めていただきましょうよ」

と、晴美が言うと、

「ぜひ、そうして！」

と、和美がホームズを撫でながら、「今夜はこの猫ちゃんと寝たいな」

「お車は……」

と、郷子が言った。

「レンタカーを駅前で借りて来ました」

と、片山は言った。「一日ぐらいは延びても別に……。しかし、そちらがご迷惑じゃないですか？」

「いいえ、ちっとも」

と、〈おばさん〉も嬉しそうに、「千客万来、大歓迎ですわ」

「恐れ入ります」

晴美はニッコリ笑って言った。

しかし片山の方は——まさか、何か起きないよな、と祈るような思いでいたのである……。

「どうぞ、この部屋をお使い下さい」

ドアを開けて、〈おばさん〉が言った。

しっとりと落ちついたインテリアの客室である。

「ここは遠いので、来られたお客様にお泊りいただくことが多いんですの」

と、〈おばさん〉は言った。「ですから、こういうホテル風のお部屋をいくつか用意しております」

「そいつはどうも……」

「お隣に妹さんが」

と、〈おばさん〉は手で示して、「そのドアでつながっています」

大したもんだ。——一人になると、片山は部屋の中を見回した。

二部屋の間のドアが開いて、晴美が入って来ると、

「はい、着替え。一応持って来といて良かったわ」

「手回しのいい奴だ」

と、片山は苦笑した。「ホームズは？」

「あの和美って子が連れてったわ」

「ここで何かあるっていうのか？　まさか……」

「もし、松井明っていう男が本当にあの子の父親なら、会いに来るかもしれないわ」

「確かにな。しかし、こんな所までやって来るかな」

片山は窓から外を見て、「おい……。ちょっと見てみろ」

と、少し後ずさった。

「どうしたの？」

晴美は窓から外を覗いて、「――まあ、断崖絶壁ね」

窓の下はそのまま深い崖になって落ち込んでいる。

「車で大分上って来たとは思ったけど、こんなに高かったのか」

「もともと駅が高い場所にあったからよ。書いてあったでしょ」

「見なかった」

「列車で居眠りしてたからよ」

「仕方ないだろ、疲れてたんだ」

「各部屋にちゃんとお風呂も付いてるのよ。大したもんね！　お兄さんも、夕食前にお風呂に入ったら？」

「ああ……」

晴美が自分の部屋へ行ってしまうと、片山は広いベッドに腰をおろした。

高い所は苦手である。窓には近寄らないようにしよう……。

それにしても……。

詐欺の手伝いをさせられそうになった老人加藤伸介が殺され、息子の敬一が殴った妻、美奈代は今も意識不明のまま。そして敬一は病院で何者かに殺された。

手口からみて、父親を殺したのと同じ犯人だろう。しかし、今も誰がやったか、つかめていない。

手配されている松井明のグループの誰かがやったのだろうと思っていたが、逮捕された男たちからも、有力な情報は引き出せなかった。

去年の秋に起きたあの殺人から、もう半年近くが過ぎようとしている。

こんな所までやって来たのも、ともかく手掛りになりそうなことが一つでもあれば、と思ってのことだ。

三輪山和美の父親。——それが鍵になればいいのだが。

「そうだ」

片山は石津に電話をかけて、三輪山昭夫夫妻の事故死について、詳細を調べるように言った。

「分りました！　すぐに調べます！」

と、石津は相変らず張り切っている。

「何か分ったら知らせてくれ」

と、片山は言って、通話を切ると、立ち上って、思い切り伸びをした。

6 桜並木

駅の改札口を出ると、

「まあ……」

と、片桐小夜子は思わず声を上げた。

母、高畠美智代が入院している病院までの川沿いの歩道に、みごとな桜並木が続いていたからである。

「桜だったのね……」

遠くまで電車に揺られて来て、「どうしてこんなに遠いの」と、内心文句を言っていた小夜子だったが、春の日射しの中で咲き誇る桜のみごとさに、一瞬不平不満を忘れていた。

駅前に甘味の店があり、〈甘いもの〉と染め抜いた旗が風に揺れている。

病院の帰りに、あそこに入ろう、と小夜子は思った。そんな楽しみでもあれば、病院へ行く気の重さがいくらか救われる……。

病院までは十五分ほどだ。——この前来たときはまだ寒くて、十五分歩くのが苦痛だったが、今日はちょうどいい気候である。

桜並木の道を歩きながら、小夜子は大分落ちついて来た自分を感じていた。

息子の正志が、この二月に目指す私立中学に合格していたのだ。今は受験のために我慢していた分を取り戻そうとするように、毎日友達と遊び回っている。

小夜子も、中学校へ入れば、また勉強の日々が始まるから、今は正志の好きにさせてやっていた。

もちろん、今でも〈オレオレ詐欺〉に五百万円も騙し取られた母に腹を立ててはいたが、受験を控えて苛々していたせいで、母にひどい口をきいたことは後悔していた。

そのせいで、母、美智代がトラックにはねられた——とは思いたくなかった。

兄、高畠和人もはっきりそうは言わないが、小夜子を責める気持があることは分った。

でも——。

「私のせいじゃない」

と、小夜子は呟いた。「そうよ」

たまたま、母は車道へフラフラと出てしまって、トラックにはねられたのだ。そうに決ってる。

最近になって、〈オレオレ詐欺〉の大きなグループが摘発されて、その使っていたパソコンに、母、〈高畠美智代〉の名があった。五百万円を騙し取ったのは、おそらくそのグループだろう、と言われていた。

しかし、五百万が戻ってくる可能性はまずない。

「もう忘れなきゃ……」

と、小夜子は桜を見上げながら呟いた……。


「いつもお世話になります」

小夜子はナースステーションに寄って、持って来たお菓子の入った手さげ袋を渡した。

「高畠美智代の娘です」

と、小夜子は言った。「母の様子はどうでしょうか」

もちろん、何か急な変化があれば連絡が来ているはずだ。

「変りないですね」

と、看護師が言った。「担当の先生が今日はお休みで」

「ええ、結構です。また伺いますので」

と、小夜子は言って、母の病室の方へと行きかけた。

「ついさっき、お見舞の方がみえましたよ」

と、看護師が言った。

「え？　母の所にですか？」

びっくりした。兄か、それとも兄の妻の雪乃だろうか。

「ええ、どの病室か訊いて行かれました」

では、兄たちではない。

「——ああ、今病室から出て来られた方です」

「はあ……」

スラリと長身の、背広姿の男性だった。

全く覚えがない。

小夜子は、廊下をやって来たその男性に、

「あの……」

と、声をかけた。

「何か？」

「高畠美智代を見舞って下さったんですか？　私、娘ですが」

「ああ、そうでしたか」

男はちょっと目を見開いて、「勝手なことをして申し訳ありません。お花を置いて来ましたが……」

「恐れ入ります」

小夜子は、その長身のクールな印象の男に、ちょっと見とれていた。四十前後か。たぶん同じくらいの年齢だろう。スーツとネクタイも、垢抜けてスマートだ。

「あの……どちら様でしょうか、失礼ですが」

と、小夜子は訊いた。

「——まあ、それじゃ、お宅でもあの詐欺の被害に？」

と、小夜子は言った。

病院の地階にあるセルフサービスのカフェに、小夜子はその男と入っていた。

「そうなんです。父が騙されましてね」

と、男は言った。

「それで……」

「悪いのは犯人で、父じゃないわけですから、慰めたんですが、父はショックから立ち直れず……。ひと月して、行方不明になったんです」

「まあ」

「何週間かして、海岸に死体が上りました。遺書もなく、しかし、身を投げたのは間違いないでしょう」

「お気の毒に……」

男は村松浩次《むらまつこうじ》と名のった。名刺には、〈M商事〉と、大手企業の名があった。

「先日、あのグループが摘発されたとき、警察から連絡がありましてね」

と、村松という男は言った。「父の名が、グループのパソコンにあったと……」

「母の名もですわ」

「ええ、刑事さんから聞いたんです。この病院に入っておられることを」

「それでわざわざ……」

「この病院は、〈M商事〉が経営に係っているんですよ」

「そうですか。存じませんでしたわ」

「偶然ですね。――仕事で、月に二、三回はここへ来ているものですから、お見舞に、と思いまして。お目にかかれて良かった」

セルフサービスのコーヒーを二人は飲んでいた。

村松の微笑は、小夜子の胸をときめかせた。もう長いこと忘れていたときめきだった。

「ごていねいに……」

と、小夜子は言った。「母はずっとあのままだろうと言われています」

「しかし、生きておられる。希望はありますよ」

「そうですね」

——何となく、二人は黙ってしまった。

「あの……」

と、小夜子は言った。「お忙しいのでしょう」

「いや、ここまで来たので、もう今日は社へは戻りません」

「でしたら、お礼に、どこかでお茶でも」

と、小夜子は言った。「——紙コップでないコーヒーでも」

「ええ、喜んで」

村松は肯いた。

小夜子は、病室に母を見舞って、村松の持って来てくれた花を花びんに移すと、一階のロビーで待っていた村松と一緒に、病院を出た。

桜並木は、一段と美しく見えた。

「——よろしければ食事でも」

と、村松が言った。「突然こんなことを言ってはご迷惑ですか」

「いいえ、別に……。主人はどうせ帰りが遅いですし、息子も春休みで遊びに……」

「じゃ、都心の方へ戻って、食事しましょう」

と、村松は言った。「車が駅前の駐車場に置いてあります」

「そうですか……」

頬が上気しているのが分って、小夜子はちょっと目を伏せた。

村松が、

「桜がきれいですね」

と言った。

「ええ、本当に……」

村松が、ふと口笛を吹いた。

これ――〈庭の千草〉だわ。


小夜子は、まるで女子高生のように胸をときめかせていた。

心地よい空間だった。

ほとんどのテーブルが埋っていたが、夕食には少し早い時間のせいか、奥さん同士のグループがにぎやかにおしゃべりしたりしていた。しかし、それが別に耳ざわりでもなく、話の邪魔にもならなかったのは、村松の巧みな話術のせいだったかもしれない。

「――それはおめでとうございます」

と、村松が言った。「あそこは名門校じゃないですか。なかなか入れないので有名ですよ」

「ええ、あの子にしては頑張ったと思いますわ」

と、小夜子は言った。「今は羽根を伸しています。新学期が始まれば、きっとまた勉強に追いまくられるんでしょう。――あ、どうも」

ワインが空いたグラスに注がれた。

「私、もう飲めません。そんなに強くないので……」

「ちゃんとお送りしますよ、タクシーで」

村松は自分もワインを飲んでいる。「車はこの店の駐車場で預かってくれますからね。それぐらいの顔はきくんです」

「でも、申し訳ありませんわ……」

と言って、小夜子はちょっと黙ってしまった。

「どうかしましたか」

と訊かれて、

「いえ……、村松さんのお話は面白いのに、私と来たら、子供の話しかできなくて……。ごめんなさい、退屈ですよね」

小夜子は村松に謝りながら、同時に自分を笑っていた。私って、何てつまらない女なのかしら……。

「謝るようなことじゃありませんよ」

と、村松は言った。「もちろん、どっちかというと、息子さんより、あなたご自身のことが聞きたいですがね」

村松の微笑みは、やさしく小夜子の胸にしみ込んで来た。フッと不意に涙が浮んで来て、

「あの――ちょっとお化粧を直して来ます」

と、あわてて立ち上る。

化粧室で鏡をじっと眺めると、その中の自分へ、

「本当にみっともないわね」

と、文句を言った。「高校生じゃあるまいし、涙ぐんだりして……」

でも、小夜子は今自分が危険な淵に立っていることに気付かなかった。――村松という男のことを、ろくに知らないのに、彼のためなら、どんなことでもできそうな気がした……。

気を取り直した小夜子は、化粧室を出て席へ戻ろうとして、途中のテーブルのそばを回ったが――。

「あ……」

と、足を止めた。「お兄さん」

高畠和人が席から小夜子を見上げた。

「小夜子か」

「偶然ね」

──高畠は、若い女性と一緒だった。

「こちらは、親見泰子さんだ。お袋が事故にあったとき、お世話になった……」

「そう。──妹の片桐小夜子です。今日、お母さんの所へ行って来たのよ」

「そうか。変りなかったか？」

「ええ、特に……。じゃ、また」

「うん」

席へ戻りながら、小夜子は心臓の高鳴りを覚えていた。

兄と、あの女性。──ただの仲じゃない。

小夜子は明らかに兄が「見られて困っている」のを見てとっていた。

あの女性は、せいぜい二十七、八だろう。目をひく美人だ。

ワイングラスがほとんど空になっていたこと。赤ワインのデカンタが、もうわずかしか残っていないことを、小夜子は目にとめていた。

小夜子は息子の正志の受験のことで手一杯だったから、母のこと以外では兄にずっとこのところ連絡していない。

しかし──兄が浮気？

妻の雪乃さんは知っているのかしら？　娘の深雪ちゃんも、もう今年高校に上るはずだ。

「——すみません」

席に戻って、小夜子は言った。

「知り合いでも？」

「ええ、兄とバッタリ。偶然って面白いですね」

高畠和人が浮気しているらしいこと。——それで小夜子が「元気づけられた」というのは変かもしれないが、どこか安心したのは確かだった。

「私、兄には負い目があるんです」

と、小夜子は言った。「母が騙されて五百万円も盗られてしまったとき、私は息子の受験のことで苛々していて……。つい、母にきつく当ってしまったんです。——いえ、自分じゃそんなつもりはなかったんですけど、兄に言わせると、私が責めたから母は自分でトラックにはねられたんだと……。私、ずっと申し訳なくて……」

「そう言い出したらきりがないですよ」

と、村松は穏やかに言った。「お母様が何を考えてらしたか、誰にも分りません。気にすることはありませんよ」

「そうおっしゃっていただくと……」

小夜子はつい涙ぐんでいた。

そう。一方で、兄は見舞にも行かず、若い女と会っている。

「——あまりお引き止めしても」

と、村松は言った。「そろそろ出ましょうか」

「はい。あの——ここは私が——」

「そんなわけにいきませんよ」

と、村松は伝票を取って言った。

「すみません。それじゃごちそうになります」

「次はあなたが。——どうです？　その口実で、もう一度お会いできれば」

「喜んで！」

小夜子は声を弾ませた。

高畠と彼女は、もうレストランを出ていた。

村松は支払いをすませて、外へ出るとタクシーを拾った。

小夜子を家まで送ってくれる。——タクシーの中では、何となく黙っていた。

「その先を左へ曲って。——そこで停めて下さい」

と、小夜子は言った。「今日は本当に——」

言いかけた小夜子は村松に抱き寄せられ、キスされていた。

ほんの一瞬だった。

我に返ると、小夜子は夜道を遠ざかるタクシーを見送っていた……。

7　救いの天使

「お願い。――もう帰んなきゃ」

深雪は、同じ言葉をもう何度もくり返していた。

しかし、相手はまるで聞こえていないかのように、

「これからが楽しいんだ。もっと飲めよ。飲みゃ度胸もつくってもんだ」

「だめよ。私、十五なんだもの」

そう言ってもむだだということは、深雪にも分っていた。

男は笑って、

「十五だって、ばれなきゃいいのさ。そうだろ？」

深雪はビールを一杯飲んでいた。苦くて少しもおいしくなかった。

どうしてこんなもの、大人は飲むんだろう？　深雪は酔ってはいなかったが、頭が痛かった。タバコの煙のせいだったかもしれない。

家では誰もタバコを喫《す》わないので、煙に慣れていない。

「私……もう帰ります」

立ち上ろうとしたが、隣の男に腕をつかまれ、ぐいと引張られて、またソファに座らされてしまった。腕をつかんでいる男の力は本気だった。

どうして――こんな所へ来てしまったんだろう？

ブレザーの制服のまま、夜遅くの盛り場をぶらついていたら、誰だって「不良」だと思うだろう。

その辺は、深雪がこの春に入る高校の先生がよく巡回していると聞いて、わざと歩いていたのだ。

見付かって、学校で問題になる。停学か退学か。――きっとお父さんもお母さんもショックを受けるだろう。

夫婦喧嘩どころじゃなくなる。きっとそうだ。

深雪は、父が浮気していること。そして、それを母も知っていて、毎晩のように喧嘩しているのを聞いていた。

でも、深雪だってもう小さな子供じゃない。結婚していたって、他の誰かを好きになることもあるだろうと思っていた。

深雪が怒ったのは、父の浮気が直接の原因ではなかった。深雪が、春休みに入って、友達の家に遊びに行ったときだ。

少し遅くなる、と母へメールを入れておいたのに、夜十時に父がいきなりその家へやって来て、

「こんな時間まで何やってる！」

と怒鳴りつけたのだ。

友達の家の人にも申し訳なく、恥ずかしくて、深雪は涙をこらえながら父の運転する車に乗った。その車の中で、

「お父さんだって浮気してるくせに！　知ってるんだからね！」

そうなじった深雪を、父は平手打ちした。

許せなかった。自分のしていることを棚に上げて、何て人だろう！

深雪は夜中の町へ出て行った。そして……。

ごく普通のサラリーマンに見えた。やさしそうで、

「仲間で集まってゲームをするんだ」

と言われて、このマンションへやって来たのだ。

でも……今、深雪の腕をしっかり握っているのは、同じ男でも、同じではなかった。

マンションの中は、人が住んでいるようではなく、ソファやテーブルがあって、タバコの煙が充満している空間だった。

男ばかりが五、六人集まって、酒を飲んでいた。

女の子は深雪一人だけだった。

二十代らしい革ジャンパーの男から、深雪をここへ連れて来た、サラリーマン風の中年男など……。飲んで酔っていると、どの男も目の周りを赤くして、ギラつくような目で深雪をじっと見ている。

「怖がることはないよ」

と、男が口調だけは優しく、深雪をしっかり押え付けながら言った。「君だって初めてじゃないだろ？　ボーイフレンドの二人や三人いるんじゃない？」

「いません……」

「いない？　じゃあ、僕らが君のボーイフレンドになってあげよう」

「あの……トイレに行かせて」

と、深雪は言った。

「いいとも。連れてってあげよう」

「いいえ、自分で行きます」

ケータイの入ったバッグを持って行って、トイレの中から電話しようと思った。

しかし、そんな考えはお見通しで、

「ケータイは置いて行こうね」

男がバッグを逆さにして、中身を床へぶちまけると、素早くケータイを拾ってポケットへ入れてしまった。

——どうしよう？

ともかく、深雪はバスルームへ入って、ドアをロックした。でも、こんなもの、簡単に入って来られるだろう。

「ああ……」

バスルームには窓もなかった。

まさか……こんなことになるなんて……。

何人もの男たちが待ち構えているのだ。どうしたって逃げられない。

深雪は冷たいタイルの床に座り込んで泣いた。——神様！　助けて！

そのときだった。明りが消えたのだ。

バスルームの中は真暗になってしまった。

「おい！　誰だ、消したのは！」

と怒鳴っているのが聞こえてくる。

部屋の中も明りが消えてしまったらしい。

「早く誰か点けろ！」

という声。

その後——深雪は、自分を連れて来たあの中年男が、

「何だ、お前は？」

と言うのを聞いた。

次の瞬間、ドン、というお腹に響くような音がした。――「ワッ！」という声が上る。

すると、全く違う男の声が、

「出て行け」

と言った。「お前らもこいつと一緒に寝たいのか」

ダダッと音がした。――そして、少しして、明りが点いた。

バスルームのドアが開いた。


家まであと五、六分という所で、雨が降り出した。

深雪は気にせずに歩いていたが――。

タクシーが深雪を追い越して、すぐに停った。ドアが開くと、

「おい、乗れよ」

父が顔を出した。

雨が強くなる。深雪は言われるままにタクシーに乗った。

「濡れたな。大丈夫か」

「うん」

と、深雪は肯いた。

「——春休みはどうだ」

と、高畠は言った。

そして、じっと前を見たまま、

「この間は悪かった」

と言った。「色々あって……苛々してたな。すまん」

「もういいよ」

高畠も、それきり言わなかった。

すぐタクシーは家の前に着いた。

深雪は先に降りて玄関へ駆けて行った。

「——まあ、一緒だったの?」

雪乃が出て来て、夫と娘が入って来るのを見て言った。「こんな時間に……」

「ちょっと話し込んでたんだ」

と、高畠が言った。「少し濡れた。深雪を先に風呂へ入れてやれ」

「ああ、そうね。——深雪、お風呂に入りなさい。着替えを出しとくわ」

「うん、分った」

深雪は一旦自分の部屋へ行きかけて、「お母さん、お腹空いてるんだ。何かある?」

「まあ。――いいわ、冷凍してあるのを、すぐ戻すから。お風呂から出たら食べられるようにしておくわ」

「うん。ありがとう」

「何よ……」

苦笑いしながら、それでも雪乃は嬉しそうだった。「あなたも食べてないの？」

「ああ……。軽く食べたが、何かあれば食べるよ」

「本当にもう！　勝手ばっかり」

文句を言いつつ、いそいそと台所へ向う雪乃だった……。


「昨夜遅く、都内のマンションの一室で、男性が射殺されました」

ニュースを見ていた。――深雪は、あのマンションがＴＶに映っているのを見たが、何も感じなかった。

ゆうべのことは、悪い夢だったんだ。覚めてしまえば、セッケンの泡が弾けるように消えて失くなる……。

「死体は散弾銃で撃たれており、警察では暴力団同士の抗争の可能性があると見ています」

――あの人は、銃身を短く切った散弾銃を持っていた。

バスルームの床に座り込んで震えていた深雪を見て、一旦銃口を向けたが、

「――クスリなんかやってないようだな」

と言った。「普通の学生か？」

深雪は黙って肯いた。男は少し間を置いて銃口を下げると、

「ここを出たら、何もかも忘れるか」

と訊いた。

「はい……」

「行け。二度とこんな奴と係るんじゃないぞ」

よろけながらバスルームを出ると、深雪をここへ連れて来たあの男が血まみれになって壁ぎわに倒れていた。

深雪はバッグに中のものを拾い集めて入れると、思い出した。

「ケータイが……」

「どうしたって？」

「その人のポケットに私のケータイが……」

銃を手にした男は苦笑して、

「人殺しをこき使いやがって」

と言うと、男のポケットを探って、「これか。――そら」

と、ケータイを投げて寄こした。

「ありがとう……」

口の中で呟くように言うと、深雪はマンションの部屋から飛び出した。

忘れるんだ。何もかも。

あの人との約束だ。

昼過ぎまで眠ってしまった深雪は、遅い昼食を食べていた。母が作っておいてくれたハムエッグを電子レンジで温めたのだ。

ケータイが鳴った。

「――もしもし」

「あ、深雪？」

と、明るい声が、「私、〈K学院〉の野崎敦子」

「ああ！　今日は」

以前、学園祭の展示のことで、一緒に仕事をした。一年年上の子だ。

「どうしてる？」

と訊かれて、

「家で……。することもなくて。敦子さんは今、どこ？」

「今、地中海」

「え？　ヨーロッパの？」

「クルーズなの。まだこれから船に乗るんだけどね」

「凄いなあ」

そういえば、野崎敦子の家は、とんでもない金持だと聞いたことがある。

「一度〈K学院〉に遊びに来てって言っといたでしょ」

「ああ、寄宿舎なんですよね。行ってみたいと思ってるんだけど」

「じゃ、行ってみなよ。今ね、私と仲のいい三輪山和美って子が一人で残ってるの。寂しがってるから、行けば喜ぶよ」

「でも、そんなに突然……」

「大丈夫、連絡しとくわ」

「あの——どうやって行けば？」

「そうね。列車だと面倒くさいか……。いいわ、お母さんに言って、そっちへ回してもらうから」

「回すって？」

「今、船に乗るの待ってたら、ポーランドのツアーの人たちがいてね」

と、敦子は答えずにしゃべっている。「それ見てて、あなたのこと、思い出した。ね、一緒にポーランドの歴史を展示にまとめたよね」

「そうでしたね。楽しかった」

「地中海までは来られないでしょ？」

「私がですか？　いくら何でも……」

「そう突然ねえ。じゃ、〈K学院〉に遊びに行って。涼しいから、コートとか持ってった方がいいわ」

「あの……何を回してもらえるんですか？」

と、深雪が訊くと、敦子は、

「え？　私、言わなかったっけ？　いやだ！　時差ボケね、きっと」

と、自分で笑って、「いつ出られる？」


「もしもし！　片山さんですか？」

「石津か。どうだ。何か分ったか？」

「三輪山夫妻の遭った事故のことですが……」

「――何だ？　いやにうるさいな。どこからかけてるんだ？」

「途中です」

「途中？　何の途中だ？」

「そちらへ向う途中です」

「お前……。こっちへ来いとは言ってないぞ！」

「片山さんに一刻も早くご報告しようと思いまして。やはり直接お会いして説明しないと……」

石津の声は、片山のケータイから充分に洩れ聞こえていた。

「いいじゃないの。石津さん一人ぐらい増えたって」

と、晴美が言うと、

「ニャー」

と、ホームズも声を上げ、それが聞こえたらしく、

「これは！　懐しいホームズさんのお声ですね。僕のことを励ましてくれたんですね」

「勝手に訳すな」

と、片山は言ったが、もう途中まで来ているというのを、やめろとは言えない。

「分った。あとどれくらいで着くんだ？　駅まで迎えに行ってやろうか」

「いえ……。その必要はないようです」

「いやにやかましいな。何の音だ？」

と、片山は大声で言った。

「あの……エンジンです」

「エンジン？」

「ええ、今、ヘリコプターで、そっちへ向っています」

と、石津は言った。「あと二十分くらいで着くそうです」

「ヘリコプター？」

片山は唖然とした……。

8 意外な客

屋上にヘリコプターが着陸した。

「ワッ！　――ワッ！」

片山が猛烈な風に髪をクシャクシャにされて、必死で押えている。

「片山さん」

と、迎えに出ていた教師の西川郷子が、「もしかしてカツラですか？」

「違います！」

と、片山は断固として言った。

「だったら、放っとけばいいのよ。どうせバラバラになるんだから」

と、晴美が言った。「後でまとめて直しなさい」

「しかし、お前……」

ヘリコプターから、女の子と石津が降りて来た。女の子はボストンバッグをさげている。

「いらっしゃい!」

と、和美が進み出て、「敦子から連絡もらってるわ。高畠深雪さんね。私、三輪山和美。よろしく」

「深雪です」

二人は握手をした。

和美が西川郷子を紹介した。

「おい、石津——」

と言いかけて、片山は、ヘリコプターがまた飛び立とうとして回転翼が力強く回り始めたので、あわてて、「ともかく下に行こう!」

と促した。

「——いらっしゃいませ」

と、下の食堂で〈おばさん〉がにこやかに出迎える。「お昼の時間です。召し上りますか?」

「はい!」

真先に答えたのが誰かは、言うまでもない。

ともかく、〈おばさん〉の作ったランチを食べながら、お互いの紹介は済んだ。

「——良かった。深雪ちゃんが来てくれて」

と、和美が言った。「やっぱり生徒が一人じゃ……」

「ここの生徒じゃないけど」

と深雪は言った。「でも、すてきな所！　うちもお金持だったら、こんな所に通いたい」

「でも、春休み中はのんびりできるんでしょ？」

「お邪魔でなければ……」

「邪魔なんて。――それより、私の方がここにいられなくなるかもしれない。ね、片山さん？」

「いや、そんなことは……」

と、片山は言いかけて、「石津。どうしてその子と一緒にヘリで来たんだ？」

「偶然です」

と、石津は言った。

すでにランチの皿をきれいに空にしていた。

「私、出発の仕度をしてたんです」

と、深雪が言った。「ヘリコプターは、一番近い高層ビルのヘリポートに来るって言われてたので。そしたら、玄関のチャイムが鳴って、石津さんが」

「あの老人の加藤伸介が殺された件で」

と、石津が続けた。「高畠美智代さんがトラックにはねられる前に、電話して来た相手のことを、少しでも話していなかったかと思って、訊きに行ったんです。課長の命令でして」

「電話の声とか？　でも、電話して来るのは組織の末端の人でしょ？」

と、晴美が言った。

「普通はそうなんですけど。このグループの場合は、かなり訓練されたメンバーなので、そう大勢はいないだろうと……」

「だけど、平日に自宅へ行ってどうするんだ？」

と、片山が呆れたように、「何曜日か忘れちまったのか？」

「もちろん会社へ電話しました。そしたら、出張に出ることになっていると言われて、できればその前に捕まえようと、自宅へ訪ねて行ったんです」

「結局会えたのか？」

と、片山が訊く。

「いえ、家にはいなかったんです」

「どうしてだろう」

と、深雪が首をかしげて、「お父さん、てっきり会社に行ってると思ってた」

「で、話している内、この深雪君が、これから、〈K学院〉へ行くの、って言うので」

「片山さんに連絡することがあるってことだったので、じゃ、良かったら一緒にって……」

「それにしたって……」

と、片山は苦笑して、「ヘリの方でびっくりしたんじゃないか？」

「いいじゃないの」

と、晴美は言った。「石津さんがいないと寂しいわ。ねえ？」

晴美が同意を求めたのは、床に置かれた皿から昼食をとっているホームズだった。

「ニャー」

「そうだ、って言ってるわ」

和美と深雪が一緒に笑った。

片山は食後のコーヒーを飲みながら、

「それで、石津、三輪山夫妻の事故について何か分ったのか？」

「はあ、アフリカまで行って調べようと思いましたが、課長に言ったら、『ハハハ』と笑われただけで」

「当り前だ」

「当時の新聞記事なども見ましたが、何といっても、アフリカの、それもかなり奥地での事故だったそうで、ほとんど資料が残っていません」

「で？　何も分らなかったのか？」

「とんでもない！　それならわざわざヘリコプターでここまで来ません」

「本当か？」

「いえ、まあ……。晴美さんが心の中で呼んでいる声が聞こえたので。——それはともかく、向うの飛行機会社に問い合せたりしたんですが、何しろ小さい会社で、しかも向うはフランス語なんです。ずるいですよ！」

「どこが。——それでよく話せたな」

「英語もできるってことだったので、こっちも若い奴を呼んで通訳させました」

と、石津は言った。「すると、その電話に出た男が、あの事故のとき、パイロットだったと分って」

「まさか落ちた機のパイロットじゃないよな」

「違います。でもよく憶えていました。機が消息を絶ったのは、かなり深いジャングルの奥だったそうで、結局、機体は見付からずじまいだったとのことです」

「すると遺体も見付かってない、ってことだな」

と、片山は言った。「何人乗ってたんだ？」

「それが、向うはかなりいい加減で、ちゃんとした人数も分ってないそうなんです」

「ひどいな」

「ただ、その男は憶えてました」

と、石津は言った。「日本人二人を捜しに父親がアフリカまでやって来たことを」

「おじいちゃんが?」

と、和美が言った。

「三輪山涼一さん——だっけ?」

と、晴美が言うと、

「あら」

と、〈おばさん〉が言った。「忘れてたわ。その人から学院あてにファックスが届いてましたよ」

「おじいちゃんから? でも……」

「取って来ますね」

〈おばさん〉は急いで食堂から出て行った……。

「変だな」

と、和美が首をかしげる。

「どうしたの?」

と、深雪が訊いた。

「おじいちゃんって、もう認知症が進んでて、何も分らないって……。じゃ、ホームの人からかしら」

〈おばさん〉は息を切らしながらファックスを手に戻って来た。

「〈おばさん〉、そんなに急がないで」

と、和美は笑って言った。

「いいんですよ。少し運動しないとね」

と、〈おばさん〉は言って、息をつくと、「これ、ファックスが……。朝の内でした」

「ありがとう。でも……」

和美はファックスを受け取ると、眺めていたが、「――どういうこと？」

と、目を見開いた。

「どうしたの？」

と、西川郷子が訊いた。

「これ……おじいちゃんからだって……」

和美がテーブルに置いたファックスを、みんなが取り囲むようにして読んだ。

毛筆らしい流れるようなきれいな文字で、

〈和美へ
元気でやってるか？

お前も一人になってしまって、大変だな。しかし、これからお前が生きていくには充分の貯えはあるから心配しなくていい。

しかし、お前が一人で寄宿舎に残っていると聞いて、心配になった。

そちらへ二、三日お邪魔しようと思う。

久しぶりにお前の顔を見るのが楽しみだ。

三輪山涼一〉

「こんなことって……」

と、和美が呆然としている。

「これ、お祖父様の字？」

と郷子が訊いた。

「分りません。おじいちゃんの字なんて、ほとんど見たことないし」

「それはそうだろうね」

と、片山は肯いて、「発信元の番号は入ってないな」

「でもたぶん……ご本人じゃないの？」

と、晴美が言った。「他の人がこんなファックス送って来る理由がないでしょう」

「それは分らないけど……」

と、和美が首をかしげていると、ファックスを覗き込んでいたホームズが、ファックス用紙の上に上って、座り込んだ。

「猫って、必ずこうやって、話を邪魔するよね」

と、深雪が笑った。

「いや、この猫はちょっと違うんだ」

片山はホームズが前肢でファックスの表面をちょっと引っかくのを見ていたが、

「――和美君。この文面に、君が一人でここに残ってるって書いてあるけど、涼一さんはどうしてそのことを知ってるんだろう？」

「え？」

和美は目を見開いて、「そうですね！　私はもちろん知らせてないし。――知らせても分らないと思ってたから」

「すると、誰かが君のことを涼一さんに報告していたってことか」

「でも、どうして？　それに――本当におじいちゃん、ここへ来るのかしら？」

「さあ……。涼一さんの入居しているホームに連絡取れる？」

和美はちょっと考えていたが、

「私、直接連絡することなかったし……。叔父さんが知ってたと思いますけど」

「叔父さんは亡くなったんだね」

「ええ、火事で」

「ともかく――」

と、晴美が言った。「三輪山涼一さんがここへみえれば分ることよ」

「そうだな」

と、片山は言って、晴美と目を見交わした。

昼食の後、和美と西川郷子は深雪を案内して、寄宿舎内の探検に出かけた。

片山たちは一階奥の〈休憩室〉で、〈おばさん〉のいれてくれたコーヒーを飲んでいた。

「――お兄さん」

「うん……。何だか妙だな」

と、片山は言った。

「お兄さんもそう思う？」

「どうも、この寄宿舎そのものに、妙な雰囲気を感じるんだ。そう思うだろ？」

「私もよ。あの〈オレオレ詐欺〉と、この現実離れした世界……」

「そうだな」

片山としては、三輪山和美に会いに来たわけで、これ以上ここにいる理由はない。ただ、行方をくらましている〈オレオレ詐欺〉の首謀者松井明が、和美の父親だという可能性があるので、松井がここへ現われることも考えられる。

しかし、その点も確かなわけではない。和美の学費を払ったのが誰なのか……。

「今夜泊って、明日帰ろう」

と、片山は言った。「この寄宿舎を見張らせることはできる」

「そうね。東京での殺人事件と、ここと、関係があるのかどうか……」

「こんな所でのんびりしてるわけにはいかないな」

と、片山は言って、ホームズの方へ、「お前もそう思うだろ?」

ホームズはソファに丸くなって、眠っているようだった……。

「まるでヨーロッパのお城みたいだ」

と、深雪は屋上に上って、周りの森を見回して言った。「ヨーロッパ行ったことないけどね」

「ちょっとふしぎでしょ」

と西川郷子が言った。

「ふしぎっていえば……」

と、和美が言った。「深雪ちゃんのおばあさんがお金を騙し取られたんだね」

「うん。今入院してるけど……」

「片山さんから聞いた」

と、和美は肯いて、「もしかしたら、それって、私のお父さんが……」

「何もはっきり分ってない内に、そんなこと考えないで」

と、郷子が言った。

「そうだよ」

と、深雪が微笑んで、「それに和美さんには何も関係ないことじゃない」

「でも……やっぱり気になる」

もしも、本当に父が生きていて、和美の学費のために犯罪に手を染めたのだとしたら、それを「関係ない」とは言っていられない。

「でも――」

と、深雪が深呼吸して、「私、ここの生徒でもないのに、お邪魔してていいのかな」

「構やしないわよ」

と、郷子が言った。「それこそ、ヨーロッパなんかじゃ、色んな学校の授業を受けたりできる制度があったりするのよ。ここも〈小ヨーロッパ〉ってことにしましょ」

「〈小ヨーロッパ〉か！　それ、いいなあ」

と、和美が笑って言った。

そのとき、

「あれ？」

と、深雪が目を細くして遠くを眺め、「もしかして……また、ヘリコプター？」

「本当だ」

和美も目をやって、「こっちに来る」

「誰かヘリコプターで来るような人って、いる？」

深雪の言葉に、和美と郷子は顔を見合せた。

「思い当らないけど……。先生は？」

「私だって……。でも、確かにここへ向ってるわね」

ヘリの爆音が、はっきりと聞こえて、三人はヘリポートから少し退《さ》がった。

「──ヘリコプターかい？」

片山が駆け上って来た。晴美もホームズを抱えてついて来る。

どんどん近付いたヘリコプターは、また猛烈な風を巻き起しながら着陸した。

そして扉が開くと、中から下り立ったのは、軽いコートをはおった老人だった。

「──おじいちゃん！」

和美が目を丸くして、「どうして……」

バッグを手にやって来た老人は、しかし足取りもしっかりしていて、和美に笑いかけた。

「和美、久しぶりだな」

「おじいちゃん……」

和美は呆然としている。

「どうした？　おじいちゃんのことを忘れたのか？」

「そうじゃないけど」

ヘリコプターが飛び立って行く。

風がおさまって、片山はホッとすると、

「三輪山涼一さんですか」

と、声をかけた。

「そうだが、あんたは？」

「警視庁の者です」

と、片山は言って、「こちらの和美さんから、あなたはもう人のことが分らないと……」

「ああ、そのことか」

と、涼一は笑って、「人と話すのが面倒でな。誰だかが、私のことを訊いて来たので、何も分らないふりをすることにした」

「じゃ、おじいちゃん……」

「ああ、施設の者にも、ちゃんとこづかいをやって、話を合せるように言っといた」

「びっくりさせないで！」

と、和美は言った。「でも——元気そうで嬉しいけど」

「そいつは良かった」

涼一は和美の頭を撫でて、「しかし、お前が一人で残ってると聞いてたが、何だかずいぶん人がいるじゃないか」

と、深雪や片山たちを眺め回した……。

9　遠い記憶

「そんなことになっとったのか」

涼一は、〈休憩室〉のソファに寛いで言った。「いや、何も知らなくて、すまなかったな」

「いいけど……。おじいちゃん、いいの？　こんなに出歩いて」

「私は健康だ。——心配なのは、和美、お前のことだけだ」

「私は別に……」

「しかし、哲夫たちも火事で死んじまっただろ。お前はしっかりしてるが、それでもまだ十六なんだからな」

「ところで、三輪山さん」

と、片山が言った。「この和美君のご両親はアフリカで亡くなったということですが、飛行機事故だったとか」

「ああ、そうだ」

「そのとき、アフリカまで行かれたんですか?」

涼一はちょっと驚いたように、

「よく知ってるな、そんなことを」

「航空会社に問い合せて、聞いたんです。事故のとき、日本人乗客二人のことを調べに日本からやって来た人がいたと」

「それは私だ」

と、涼一は肯いて、「しかし、もう……十三年前かな?」

「向うで、何か分ったことはあったんですか?」

「さっぱりだ。大体、ジャングルの奥に落ちたというだけで、捜索しようともせん」

「墜落したのは確かなんですね」

「そうだろうな。連絡を絶って、それきり消えてしまったんだから」

と、涼一は言った。「私は現地の人間を雇って捜索に行こうかと思った。しかし、いくら金を出すと言っても、誰も行こうとは言わん」

「それは……」

「ジャングルの奥へ行くなんて、とんでもないことだと言うんだ。まあ――冗談抜きで、体長二十メートルの大蛇がいると言われたら行く気も失せるだろう」

「二十メートルですか!」

と、石津が目を丸くした。

「人間を丸呑みするそうだからな。それを聞いて、私も諦めた」

「なるほど……」

ということは、ジャングルに墜落した飛行機で誰かが生き残ったとしても、生きのびることは不可能ということだろう。

「しかし、なぜ昭夫たちが飛行機事故で死んだことに、刑事さんがそんなにこだわるのかね？」

と、涼一は訊いた。

「ご説明します」

と、片山が言うと、和美が遮《さえぎ》るように、

「〈オレオレ詐欺〉なんだよ」

と言った。

「何だそれは？」

と、涼一が眉根を寄せた。

「知らないの？」

「いや、もちろんそういう詐欺が横行していることは知っとる。しかし、それが和美とどう関係があるんだ？」

片山が、ここへ和美に会いにやって来るまでの事情を説明した。

涼一は黙って最後まで片山の話を聞いていた。そして大きく息をつくと、

「——信じられんような話だ」

と言った。「その、和美の名と銀行口座を書いたメモを見せてくれるか」

片山が手渡すと、涼一はじっと眺めていたが、

「——分らんな」

と、首を振った。「昭夫の字かどうか。あいつの字など、ほとんど見たこともない」

「写真を見てもらえますか」

と、片山は隠し撮りした松井明の写真を渡した。

「これか……。松井明といったか、その男は」

「ええ」

「この写真ではな……。昭夫にも似ていないことはない。焼け死んだ哲夫にも、似てるようだ」

涼一はため息をついて、「私が長生きしてしまったせいで、息子たちが早死にしたのかもしれんな」

と言った。

片山は写真をポケットに戻すと、

「本当はこんな所までやって来る必要はありませんでした。時間もないので、今夜は泊めていただきますが、明日、我々は引きあげます」

と言った。「では、ちょっと上司と連絡を取りますので」

片山たちは席を立って、〈休憩室〉を出た。

階段を上りながら、

「二十メートルの蛇か！　凄いですね！」

と、石津は感心している。

「石津」

片山は、涼一に見せた松井明の写真を取り出すと、「これを袋に入れて持っててくれ」

「どうするんです？」

「三輪山涼一の指紋が付いてる。戻ったら指紋を照合してみてくれ」

「お兄さん――」

「いや、別に疑ってるわけじゃない。ただ、あの三輪山涼一って男、ただ者じゃないって気がするんだ」

「そうね……」

晴美も肯いて、「私も同感だわ。貫禄があるっていうだけじゃなさそうね」

「ニャー」

「ホームズもそう思う？」

と、晴美は言った。

「どこへ行ったって？」

高畠和人は訊き返した。

「〈K学院〉の寄宿舎よ」

と、妻の雪乃はくり返して、「お友達に呼ばれたんですって。ヘリコプターで行ったっていうから……」

「大丈夫なのか、そんな話」

「確かめたわ。〈K学院〉の西川先生って方からも電話があったし」

夜、雪乃は「出張中」の夫のケータイへ電話していた。

「向うから、深雪も写真を送って来たわ。古い修道院を改装したとかで、日本じゃないみたいよ」

「ふーん。まあ、深雪が楽しんでるんなら、それでいいか……」

「あの子にもいいでしょ。うちにいて、あなたと私がいつも喧嘩してるのを見せられてるよりもね」

「おい……」

と、高畠は言いかけてやめた。

「出張はどこなの？」

と、雪乃が訊く。

「え？　ああ――神戸だ。明日、仕事が片付けば、夜帰るし、もしかしたら、もう一泊するかもしれない」

「どうぞごゆっくり」

雪乃の口調には、明らかに皮肉が混っていた。

「じゃ、何かあれば連絡してくれ」

高畠和人は通話を切った。

「――お電話？」

部屋へ入って来たのは、浴衣姿の親見泰子だった。

神戸出張は嘘ではないが、その後、休みを取って、温泉に来ていた。むろん親見泰子とは、ここで落ち合ったのである。

「うん。――ちょっと家へね」

「大丈夫？　帰らなくても」

「ああ。急いで帰ったら、おかしなもんだ。のんびりするさ」

「じゃ、せっかく温泉に来たんですから、浸ってらっしゃいよ」

「うん……」

高畠は、頬をほてらせた泰子を、まじまじと眺めた。

「——なあに、そんなにジロジロ見て」

と、泰子は笑って言った。

「いや、ふしぎな縁だと思ってね。あの偶然がなかったら、今ごろ君とも他人同士だった」

「そうね。でも……もう続けない方がいいかもしれないわ」

泰子の言葉は思いがけないものだった。

「それは——どういう意味だい？」

「言った通りよ。この間、妹さんとバッタリお会いしたでしょ。きっと私たちの仲を察してるわ」

「そうかもしれないが……」

「それに、娘さんも知ってるんでしょ」

「そりゃ、僕と雪乃が言い争ってれば」

「傷つきやすい年ごろの娘さんには、そんな光景は見せちゃいけないわ」

「分ってるが……。といって、君を諦められない」

高畠はそう言って、「深雪の奴、何だかとんでもない所に遊びに行ってるらしい」

話をそらしたいという思いもあって、高畠は、深雪がヘリコプターで〈K学院〉の寄宿舎へ泊りに行っていることを、少し大げさに話して聞かせた。

「ヘリコプターで？」

と、泰子も目を丸くしている。

「うん。何でも、えらい金持の子供が集まってる所らしい」

「そんな学校が日本にもあるのね」

「全く、我々とは縁のない世界だな」

高畠はそう言うと、「じゃ、ひと風呂浴びて来よう」

「ごゆっくり」

泰子は笑顔で手を振って見せた……。

柔らか過ぎるベッドのせいだった。

片山は目が覚めて、ケータイへ手を伸し、時刻を見た。

夜中の二時半。――やれやれ。

こんなに大きくて、フワフワのベッドでは、とても安眠できたものではない。

起き上った片山は、隣のベッドで派手な寝息をたてている石津を見て、

「どこのこと？」

「よく寝られるよ……」

と呟いて、来客用の部屋に置いてあったシルクのガウンをはおった。

「まるでホテルだな」

実際、こういう場所のせいもあってか、この〈来客用の部屋〉は一流ホテル並みの造りで、ちゃんと浴室も付いていた。

片山は頭を振って、廊下へ出てみた。

並んだ隣の部屋には晴美とホームズが泊っている。そして、一つ上の階では、三輪山涼一が休んでいるはずだ。

高畠深雪は、ここへヘリコプターで送ってくれた野崎敦子の部屋に泊ることにしていた。

「まるで映画のセットだな」

と、片山は呟いた。

石造りの建物のせいか、むろん暖房は入っているが、どこか空気がひんやりとして、足下には冷気が感じられる。

冷えない内に寝るか……。

戻ろうとして――ふと耳を澄ました。

聞こえて来たのは、ピアノの調べだった。

そう。あの〈休憩室〉にピアノが置いてあった……。

それはどう聞いても生の演奏の音だった。

片山は引き寄せられるように、階段を下りて行った。

〈休憩室〉のドアが半ば開いていて、ピアノのメロディが流れてくる。

「——あら」

片山が入って行くと、手を止めて、西川郷子が振り向いた。「聞こえました？　すみません、起こしてしまったでしょうか」

「いや、それで起きたわけじゃ……。ベッドが高級過ぎて」

と、片山は言った。「みごとなピアノですね。ピアニストでもいらっしゃる？」

「とんでもない」

と、西川郷子は笑って、「これぐらい弾ける人はいくらもいます。昔、ピアニストを目指して猛練習したことがあって」

「そうですか」

「でも——音楽に打ち込むには、お金がかかるんです。私の場合は、途中で家が破産同然になって」

「そんなことが……」

「諦めざるを得ませんでした」

と、郷子は言った。「特に弟がいて、その面倒もみなければならなかったんです」

片山は肯いた。

「人は、逆らえない成り行きに左右されるもんですね」

「ええ。――もちろん今は弟も一人立ちしていますが。ついでに彼女もできて」

と、付け加える。「私に彼氏もできない内に。でも、たいていはそんなものですよね」

「うちも妹の方が先に……。どうなるか分りませんが」

「あの石津さんという刑事さん？　晴美さんに一途な恋心を……」

「そういう奴です。まあ、人は悪くないんですがね」

「それが一番ですね。――人柄がいいってこと」

郷子はちょっともの想いに耽《ふけ》るように、ピアノの鍵盤を見ていた。「財産より何より、人の好《よ》さ……」

何か、かつて好きな人を諦めたことがあるのだな、と片山は郷子を見て思った。

「片山さんは――」

と、郷子は明るい口調に戻って、「刑事さんにしては変ってらっしゃるんじゃありません？」

と訊いた。

「さあ……」

片山はソファにかけると、「自分では自分のことはよく分りません。でも、よく変ってる、とは言われます」

「やっぱり」

と、郷子は微笑んで、「でも、それってほめ言葉だと思います」

「そうでしょうか」

「ええ。だって、刑事だからって、みんなが同じようでなきゃいけないってこと、ないでしょう?」

「そうですね」

片山は肯いて、「でも、刑事の間では、そう思ってるのは少数派だと思いますよ」

「そうですの?」

「まあ……刑事によって、捕まえる犯人が違ったら、困りますからね」

「それはそうね」

と、郷子は愉しそうに笑った。

「そんな風に笑うのを、初めて見ました」

と、片山は言った。「といっても、ほんの何時間かしかたっていませんが」

「そうね。片山さんと話していると、何だか飾らない自分になれるみたいです」

「そうですかね」

「ええ、そうよ。——片山さん、刑事として大切にしてらっしゃることって何ですの?」

「さあ……。刑事といっても、普通の人間ですよ」

と、片山は言った。「ただ、ときどき、自分が普通の人間じゃない、と思ってる刑事がいます。あくまで罪は許さない、自分は絶対に犯罪をおかしたりしない、と信じてるようなね。でも、僕は……。もしも、貧しくて、妹が飢えて泣いていたら、食べものを盗んで来るでしょう。人は弱いものです。絶対に罪を犯さないなんて、誰も言えない」

片山はちょっと苦笑して、

「こういうこと言ってると、出世はできないでしょうね」

「でも、すばらしいわ」

と、郷子は心底から共感した様子で、「あなたのような人が、この世の中に大勢いたらいいのに……」

「どうしてですか?」

「息がしやすいと思うの」

「息が?」

「ええ。——息がつまりそうなこの世界の中で、ホッと息がつける。思い切り深呼吸できるって、すてきなこと」

郷子は目に涙を浮かべていた。

片山はびっくりして、

「どうかしましたか？」

「いいえ。何だか私、ちょっとセンチメンタルになってるみたい」

郷子はピアノの蓋を閉じて、「もう寝ますわ。——おやすみなさい」

「僕も寝ます」

と、片山は立ち上った。

「では、明りを消します」

〈休憩室〉は暗闇に沈んだが、廊下は常夜灯でほのかに明るい。

「では——」

と行きかけた郷子は、足を止めてタタッと戻ってくると、片山にキスして、そのまま小走りに消えて行った。

「——え？」

呆然と突っ立っている片山だった……。

10　密告

「もしもし」

と、その男は言った。「――俺。修二《しゅうじ》だよ」

「修二?」

「安西《あんざい》修二だよ。高校で一緒だったろ」

少しの間、向うは黙っていたが、

「――悪いけど、憶えてないな」

「え? おい、そんな冷たいこと――」

安西修二は、もう切れてしまったケータイをにらみつけて、「馬鹿野郎! 頼まねえよ!」

と、文句を言った。

しかし……。

まあ、高校生のときと言っても、もう五年も前だ。たとえ憶えていたとしても、いきなり家に電話して来られたら、「怪しい」と思われ、切られても仕方ない。

「畜生……」

修二はブツブツ言いながら、電車がやかましくすぐそばを走り抜けるプレハブの小屋の窓から外を眺めた。

線路の向うに、明るいビルの林が覗いている。

腹が減っていた。

逃げ回っている内、持っていたわずかな金はもう使い果している。

「仕方ねえ……」

危険は承知で、修二は小屋を出た。

工事現場に作られたプレハブの小屋は今、空っぽだった。隠れ場所にいい、と思ったが、中で寝るにも座るにも、マットレス一つない。

仕方なく、捨ててあった段ボールをたたんで敷いたが、じめじめと湿っていて、とても寝られたものじゃない。

「何で俺なんだよ……」

と、ついグチが出る。

安西修二は二十一歳。高校二年のとき、中学生をおどしてこづかいを巻き上げたが、その子の親は何と刑事だった。

アッサリ捕まり、退学。

少年院を出てからは、悪い仲間に加わって、色々やった。

そして、あの仲間に入れてもらったのだ。〈オレオレ詐欺〉の組織はしっかりしていて、修二は張り切って働いた。上の方でも、修二の働きを認めてくれて、半年前からは幹部の一人に加えてもらっていた。

羽振りも良くなり、飲み歩けば女もついて来た。——修二はやっと「俺の居場所」を見付けた、と思っていた。

ところが——一斉手入れ。

主だったメンバーが何人も捕まった。

修二は間一髪、逃げ出したが、仲間の供述で、「幹部の一人」として指名手配されてしまったのだ。

相手にした女にも電話してみたが、すぐ切られてしまう。

「みんな冷てえもんだ……」

修二は、二十一歳にして人生の厳しさを学んだところだった。

足が止まる。——コンビニが明るい光を投げかけていた。

ここなら食い物がある。

修二はフラフラとコンビニの中へと入って行った。

「いらっしゃいませ」

店の中には客は他にいなかった。レジにいるのは、たぶん修二の母親ぐらいの年代のおばさんだった。

店の中を少しうろついてみた。万引き？　そんなみっともねえ真似ができるか。

そうだ。俺は大物なんだぞ。

しかし、お腹はグーッと派手な音をたててしまった。ちょうどレジの近くだったので、聞こえていたのだろう。

レジの女は心配そうに修二を見ていた。

通報されるとまずい！

ポケットに小さいがナイフを持っていた。

「おい」

と、レジへ行って、ナイフを取り出すと、「金をよこせ！」

そう言ったとたん、お腹がまたグーッと鳴った。

「お金は食べられないわよ」

と、女が言うと、後ろを向いて、「これ、もう期限が切れるから処分するの。でも大丈夫よ。これを持ってけば、罪にならないわ」

唐揚げ弁当だ。修二は唐揚げが大好きだった。ナイフを持つ手が震えた。

「温めてあげましょうか?」

と、女は言った。「そこへかけて。一分あれば温まるわ」

電子レンジに弁当を入れ、スイッチを押す。そして、缶のお茶を一個持って来ると、

「これ、飲みなさい。おごりよ」

修二は、素直にナイフをしまって、お茶をガブガブ飲んだ。その内に弁当が温まって、割りばしと一緒に持って来てくれる。

修二は弁当のふたを開けるのももどかしく、必死で食べた。涙が、なぜか分らないが、出て来た。

「もう一つ、食べられるわね」

と、女が弁当を持って来てくれた……。

「――ありがとう」

と、修二は息をついた。

二つの弁当をアッという間に平らげて、お腹が痛くなったが、心地良い痛さだった。

「あんた、いくつ?」

と、女が訊いた。

「二十……一だよ」

「じゃ、うちの娘と同い年だね」

と、女は微笑んだ。「——行く所がないの？」

修二は少し間を置いて、

「田舎へ帰りゃ、母さんとばあちゃんがいる」

と言った。

本当のことだった。しかし、少年院を出て以来、連絡したことがない。

「じゃ、帰ったら？　食べさせてくれるでしょ」

「金がないんだ。遠いからな」

「そんなに？」

「夜行バスなら……四、五時間かな」

「そう」

女は少し考えて、それから自分の財布を出すと、「——これだけあれば足りるでしょ」

「何で……。俺のことなんか知りもしねえのに」

「まあいいじゃない。私は気まぐれなの。気が変らない内に取って」

修二はその札を受け取ると、

「俺は……警察に追われてるんだよ」

と言った。

「じゃ、逃がした私も罪になるわね」

と、女は明るく言った。

「言わねえよ。絶対に、あんたのことは」

修二は立ち上ると、「これからバスターミナルに行って、バスに乗るよ」

「それがいいわ。気を付けて」

「うん」

修二は、子供のころに戻ったような気持で、「うん」と言っていた。

「行くよ」

店に客が入って来て、女が、

「いらっしゃいませ」

と言うのを背中に聞いて、修二はコンビニを出ると、夜道を駆け出して行った。

夜行バスだって、当然手配されているはずだ。

安西修二は、チケットを買ってバスに乗り込んだものの、いつ警官が乗って来て引きずり下ろされるかと気が気ではなかった。発車するまでの二十分ほどが、とんでもなく長く感じられた。

それでも時はたち、やっとバスは動き出した。修二は安堵した。

席は半分ほど埋っている。

ともかく——バスが走っている間は大丈夫だ。捕まることはない。

そう思うと、疲れと、弁当二つでお腹が一杯になったせいで、眠いと思う間もなかった。修二はたちまちぐっすりと寝入ってしまった。そして……。

「おい、起きろ！」

肩をつかんだ手が、ぐいと揺さぶって、

と怒鳴る声。

ハッと目を開くと、怖い目をした刑事が、

「逃げられたと思ってたのか？　この野郎！」

と、修二の手首にガチャリと冷たい手錠が鳴る。

「いやだ！」

修二は必死で抵抗した。「ばあちゃんに会いに行くんだ！　どうしても行くんだ！」

「キャッ！」

と、女の子の声がして——。

え？　どうしたんだ？

キョロキョロと左右を見回す。手錠はかけられていなかった。

夢か……。今のは夢だったのか。

気が付くと、バスの床に、十七、八ぐらいの女の子が尻もちをついた格好で、目を丸くして修二を見上げている。

修二はアッと思った。

「ごめん！」

と、その女の子の手をつかんで立たせると、

「俺——あんたを突き飛ばしたんだな」

この女の子が、修二を起こそうとした。その一瞬に、刑事に捕まる夢を見て、女の子を突き飛ばしたのだ。

「ごめんよ。つい……夢を見てたんだ」

「びっくりした！」

と、その女の子はスカートのお尻を払って、「でも、大丈夫。痛くはなかったわ」

外はすっかり明るくなっていた。

女の子は、修二のそばに座ると、

「途中休憩所でも、全然目を覚まさないから、よっぽど疲れてるんだと思ったの」

と言った。「でも、もうじき着くから、いくら何でもと思って……」

「悪かった。びっくりしただろ」

「ええ、でも……『ばあちゃんに会うんだ！』って……。おばあちゃんが待ってるの？」

「そう言ったのか、俺?」

修二は赤くなった。ちょっと咳込むと、

「お茶、飲んだら?」

と、女の子がペットボトルを手渡した。

「ああ……。いいのか?」

「そのまま飲んじゃって。もう空にして捨ててくから」

ぬるいウーロン茶だったが、おいしかった。一気に飲み干して、

「——ありがとう」

と、息をつく。

「どこまで行くの?」

「ああ……。このバスを降りたら、またバスで山の方へ入って行くんだ。一時間ぐらいかな」

「私もよ。倉原《くらはら》村っていう所」

修二はびっくりして、

「倉原か! 俺は一つ先の山倉《やまくら》村だ」

「あら、そうなの」

——その女の子は、道田《みちだ》小百合《さゆり》といった。中学を出て、東京の小さな工場に働きに出

ていた。

「おばあちゃんの一周忌で、久しぶりに帰るの。亡くなったときは、うちの工場、潰れそうになってて、帰るどころじゃなかった」

「そうか……。大変だな」

「でも、何とか持ち直して、一週間休みが取れたの。――お墓に参れるから嬉しいわ」

と、道田小百合は言って、「あなたが『ばあちゃんに会う』って言ったのが、凄くジンと来て……」

「それで突き飛ばされちゃ、かなわないな」

二人は一緒に笑った。

修二は、このまん丸な顔をした、コロッと小太りな女の子が、まるで古い友達か妹みたいな気がしていた。

やがてバスが終点に着いた。

まだ朝早いので、村へ行くバスが出ていない。

駅前の喫茶店が、モーニングサービスをやっていた。

「食べて行こうか」

修二はごく自然に小百合を誘った。

二人でトーストと目玉焼のセットを食べる。

「俺、安西修二っていうんだ」

話の勢いで、つい名のってから、しまった、と思った。指名手配されてるっていうのに！　しかし、言ってしまったものは戻らない。

小百合は修二の表情をちゃんと見ていた。

「――大丈夫。私、人の名前を憶えられないの」

と言われて、修二は少々情なくなった。

コーヒーを飲みながら、

「俺のばあちゃん、トメっていうんだ。いかにも昔の名だろ」

「時代劇に出て来そう」

「全くな」

と、修二は笑って、「でも――本当に俺のこと、可愛がってくれたんだ。俺が少年院に入ったときも、毎週手紙をくれた……」

「そうなの」

「親父は死んじまった。お袋は俺に厳しかった。ま、仕方ないけどな。散々悪いことして来たから」

「そんなに？」

と、小百合はふしぎそうに、「悪い人に見えないけど」

「用心しなきゃだめだぜ。都会にゃ、いい人に見えて、とんでもないワルってのが大勢いるんだ」

「あなたみたいに？」

「そうさ」

二人は一緒に笑った。

バスが出る時間が近くなって、二人は喫茶店を出た。修二が払った。

「悪いわ」

「いいさ。――どうせもらった金だ」

バス乗場に行くと、始発のバスが停っていた。修二は足を止めて、

「別々に乗ろう」

と言った。「俺と一緒だったと思われると、まずいことになる」

「どうして？」

「分るだろ。――さ、先に乗るぜ。後から来て、知らん顔してろよ」

歩き出そうとした修二の腕に、小百合は自分の腕をぐいと絡《から》ませた。

「おい……」

「一緒に行きましょ！」

「分った」

修二は苦笑した。

二人はガラ空きのバスに乗って、並んで座った。他に、乗客は三人しか乗って来なかった。

バスが動き出す。——夜行バスと違って、思い切り古くて、ガタピシ音をたてるバスだった……。

二人は、ほとんど口をきかなかった。修二は、小百合の手をしっかり握りしめていた。

こんなことは初めてだった。——あの組織で幹部扱いされていたときは、女の方から寄って来て、修二はむろん遠慮なく抱いた。

女のことはよく知ってる、と思っていた。女なんか、どいつもこいつも大して違わない。抱いてやりゃ喜ぶんだ……。

しかし、今、こうしてつい少し前まで見も知らなかった小百合の手を握っていると、何か温かいものが伝わって来た。

そうか。——俺は何も知らなかった。女の子のことを、ちっとも分っていなかった。

「——次で降りるの」

と、小百合は言った。

「そうか。俺の村はもう一つ先だ」

「安西さん。——修二さんって呼んでもいい？」

「名前、憶えてくれたんだな」

「そうね。珍しい」

「だけど、もし人に訊かれたら、そんな名前、聞いたことないって言うんだぜ」

「修二さん。何をしたの？」

と、小百合は訊いた。「手配されてるのね？　人を殺した？」

「そんなんじゃねえよ。ケチなことさ」

と、肩をすくめる。

「ね、何か困ったことがあったら……」

小百合は自分のケータイを取り出し、修二のケータイに番号を登録させた。

「だめだよ。俺なんかと――」

「うるさい」

小百合はそう言うと、修二の手をギュッと握った。

信じられないことに、ほんのわずかの間に、修二は、これまで知っていたどの女よりも、この小百合に恋していたのである。

「――じゃあ」

小百合は自分の村でバスを降りて行った。

ああ……。こんなだったっけ。

まだ二十一でしかないのに、修二は自分の家へ何十年ぶりかで帰って来たかのような気がした。

もともと家は古ぼけた平屋だったので、見たところはあまり変っていない。ただ、表札が真黒に汚れて、名前が全く読めなくなっていたり、玄関前の敷石の真中に大きな割れ目が入っていたり……。

細かい所で、やはり傷んでいるのは分った。

まだ朝だ。――母親はいるだろうか?

ともかく「ばあちゃん」に会いたかった。

玄関の引戸は鍵もかかっていなくて、ガラッと開けられた。

「何だ……。物騒だな」

つい、そう口に出していたが、もともと、この辺では玄関に鍵などかけていなかったのを思い出した。

「ばあちゃん……」

と、玄関から上って、茶の間を覗く。

懐しい光景だった。ちゃぶ台も、食器戸棚も全く同じだ。天井から下っている照明も、一段と汚れてはいたが、変っていない。

「留守なのかな……」

ばあちゃんが、

「あら、修ちゃんなの。お帰り」

と、ニコニコしながら出て来てくれるというのを期待していたのだが。

すると、

「——修二？」

振り返ると、何だか——髪を赤く染めた女が、ネグリジェ姿で立っていた。誰だ、これ？

「母さん？」

そう。——よく見れば確かに、母、敏子《としこ》である。

「何しに来たの」

と、母親は言った。

「何しに、って……。自分の家だぜ」

と、修二は言った。「母さん、何だい、その格好」

「髪が真白になったんで、染めたんだよ」

と、敏子は言った。「——お腹、空いてるの？」

「いや、バスに乗る前に食べて来た」

と、肩をすくめて、「髪が真白って、まだ四十五だろ？」

「白くもなるでしょ、息子が警察に追われてたりすりゃ」

「知ってんだ」

「当り前よ。刑事が何度も来たわ。どこかに隠れてないかって、家の中を捜し回ったのよ」

「そうか……。悪かったね」

「あんた……ここにいたら捕まるわよ」

「出て行くよ、すぐ」

と、修二は言った。「ただ――何だか、ばあちゃんの顔が見たくってさ」

「修二……」

敏子の顔がこわばった。

「何だよ。怖い顔して」

「おばあちゃんに会いたきゃ、こっちだよ」

敏子が襖を開ける。

修二は、奥の仏壇の「ばあちゃん」の写真を、呆然として眺めていた。

「いつ……？」

「つい一週間前よ」

「そうか……。もう少し早く帰って来りゃ良かった」

修二は仏壇の前にペタッと座った。

「あんた……。何も知らないの？」

と、敏子が訊いた。

「――何を？」

「おばあちゃんがどうして死んだか」

「そんな……知ってるわけないだろ」

「じゃあ教えてあげる。刑事が来て、あんたのことを話してった。可哀そうなお年寄を騙す、言わゆる〈オレオレ詐欺〉の一味だった、ってね」

修二は目をそらした。

「いつの間にか、そんなことに係っちまったんだよ……」

「そうなの？　でも、刑事さんはあんたがそういう組織の幹部だって言ってたわよ」

「大げさなのさ。俺なんか二十一だぜ、まだ」

と言ってから、「――じゃ、ばあちゃんも聞いたんだな、その話」

「当り前でしょ。家にいたんだから」

「そうか……。畜生！」

敏子は息子のそばに座ると、

「まだ話は終ってないのよ」

「何だよ」

「あんたが手配されてるって話を、刑事がして行った後にね、電話がかかって来たの」

「電話？」

「私は仕事でいなかった。おばあちゃんが出ると、あんたからの電話で——」

「俺はかけてないぜ」

「あんただって名のったのよ」

「まさか……」

修二の顔から血の気がひいた。

「泣きそうな声で、『すぐ三百万出さないと殺されちゃうんだ』って言ったそうよ。『ばあちゃんしか頼れる人がいないんだ』ってね」

「それで……」

「おばあちゃん、家のタンスに置いていた百五十万円、丸ごと持って、一人で駅まで駆けつけたの。そこにいた男に渡したのよ。『修ちゃんを助けて下さい』って、拝むようにして……」

修二は言葉が出なかった。——何てことだ！　何てひどいことしやがる！

「家へ帰って、おばあちゃん、初めて電話があんたじゃなかったかもしれないって気が付いたの。そこへ、また電話が……」

「また？」

「金は確かに受け取ったよ、って笑って言ったそうよ。『安西に礼を言っといてくれ』って」

ばあちゃん……。修二は体が震えた。

「――私が仕事から帰ると、おばあちゃんの様子がおかしかった。何度も訊いて、やっと事情が分ったの」

と、敏子は言った。「その夜、おばあちゃん、夜中に一人で家を出た。あんたが近くにいる、ってどうしてだか思い込んだみたいでね。――雨が降ってて、おばあちゃん、ずぶ濡れになって倒れてるのが見付かった……。救急車で病院に運ばれたけど、心臓がもたなかった。病院に着いたときは、死んでたのよ」

「母さん……」

「あんたの仲間は大したもんね。幹部だか何か知らないけど、逃げた仲間のおばあちゃんまで騙すなんて。それでも人間？」

――修二はふらつきながら立ち上った。

「修二……」

「母さん。大丈夫だよ」

「大丈夫って……」

「俺が敵《かたき》を取ってやる。ばあちゃんを騙した奴をぶっ殺してやる！」

「もうやめなさい。あんただって殺されるかもしれないわ」

「それでもいいさ」

「良くないでしょ！」

「ともかく……このままじゃ、ばあちゃんが浮かばれないよ。この手で、そんなひどいことした奴に仕返ししてやるんだ」

「待って！　修二！」

敏子の声を背中に聞いて、修二は駆け出して、玄関から飛び出して行った……。

11　起きなかった者

「おはようございます」

朝、片山が食堂へ入って行くと、テーブルについていた西川郷子が片山を見て、ニッコリ笑った。

「あ、どうも……」

片山はちょっと照れて小さく会釈した。

ゆうべ、休憩室を出たときに、西川郷子にキスされたせいでもあるが、朝食の席に、片山以外のほとんどの面々が揃っていたからでもある。

「いや、何だか寝過しちゃったようだな」

と、言いわけめいた呟きを洩らすと、郷子と晴美の間の席に座った。

「まだ皆さん、食べ始められたばかりですよ」

と、〈おばさん〉が言った。「卵はどうなさいます？」

「あ……。目玉焼で。――ベーコンを付けて下さい」

何だか、食べている郷子と同じものにしてしまった。

「お替りをお願いします」

と、朝食ではあまり聞かない二皿目を注文しているのは、もちろん石津である。

三輪山和美は高畠深雪と並んで、少し離れた所に座って、おしゃべりしながら食べていた。

「片山さん、おはよう！」

と、和美が手を振った。

「おはよう」

と、片山は答えて、「元気だね」

「深雪ちゃんが来てくれたから嬉しいの！」

深雪の方は、少し恥ずかしそうにしている。確かに、ここの生徒でもないのに、寄宿舎に泊っているのだから、ちょっと遠慮がちになるのだろう。

「でも、片山さん、大丈夫だよ」

と、和美が言った。「うちのおじいちゃんの方が寝坊だ」

なるほど、三輪山涼一の姿がない。

「お年寄は普通早起きだけどね」

と、晴美が言った。

「私、お起こしして来ましょうか」

と、〈おばさん〉が言った。

「でも、朝食の仕度で忙しいでしょ。私が行って来るわ」

と、郷子が立ち上って、足早に食堂を出て行った。

片山は注がれたコーヒーをブラックのまま飲んで、

「おいしい！　いいですね、朝からこんなコーヒーが飲めるなんて」

「まあ、おそれ入ります」

と、〈おばさん〉が嬉しそうに言った。

「じゃ、もう少しここにいましょうか」

と、石津が言った。

「おい、休暇で旅行に来てるんじゃないぞ」

と、片山は苦笑した。

「やっぱりだめですかね」

と、石津は肯いて、「じゃ、せめて今夜の夕食までいただいてから帰りませんか？」

「未練が過ぎるぞ」

同時にホームズが、

「ニャー」

と、声を上げたので、みんなが大笑いした。

片山は卵が来る前にトーストを食べ始めた。そして……。

「──お兄さん」

と、晴美が片山をつつく。

「うん？」

片山は顔を上げ、晴美の視線を追って、食堂の入口を見た。

西川郷子が、緊張した面持ちで立っている。

「西川さん──」

「片山さん。一緒に来て下さい」

郷子の表情には、ただごとでない様相が現れていた。

片山はすぐに立ち上ると、郷子の方へと大股に歩いて行った。

「こちらへ」

郷子が階段を上って行く。片山と、それを追って晴美とホームズも駆け上って来た。

郷子はそのドアの前で足を止めると、

「三輪山涼一さんの部屋です」

ドアが少し開いていた。

片山は用心しながら、ドアをゆっくり開けて、中へ入った。

カーテンが開いていて、部屋の中は明るかった。片山たちが泊った部屋とほぼ同じ作りで、二つベッドが並んでいたが……。

一方は使われておらず、ドアに近い方のベッドに、三輪山涼一が仰向けに寝ていた。その胸に、深々とナイフが突き立っている。一見して、生きているはずはないと明らかだったが、片山は郷子の方へ、

「何も触っていませんか？」

と、確認して、郷子が肯くと、ベッドへと近付いて行った。

出血はそれほど多くなかった。ナイフが刺さったままになっていて、それもほとんど刃の根元まで深く入っていたせいだろう。

刺された部分の周囲に数センチ、染み出しているだけだ。

片山としては、出血が少ないことに感謝しつつ、そっと三輪山涼一の手首の脈を診た。

「――死んでる」

と、片山は言った。「石津は……」

「今、上って来るわ」

と、晴美が言った。

さすがに、石津ものんびり二皿目を味わっている状況でないと察したのだろう。

「片山さん――」

と、部屋へ入って来て、「こいつは……」

「連絡しろ。他殺だ」

「はい」

石津がケータイを取り出す。

「お兄さん……」

「ともかくこの部屋へ入らないように。中を調べる」

と、片山が言ったとき、

「おじいちゃん！」

和美が中を覗いて目を見開くと、「こんなことって……」

「和美君、お祖父さんは亡くなってる。誰かに刺し殺されたんだ。捜査することになる。今は一旦食堂へ戻っていてくれ」

片山の言葉に、和美は黙って肯いただけだった。目の前の光景が現実だと信じられないようだった。

「ニャーオ」

と、ホームズが鳴いて、窓へと駆けて行った。

「どうした？」

片山は窓から下を見下ろした。この建物の入口が遥か下に見えている。

ホームズが片山を見上げた。

「――そうか」

ここは普通の家とは違う。犯人が誰にも見られずに逃亡することもできる。

「――連絡しました」

と、石津が言った。

「石津、下へ行って、誰かが夜中に侵入したり、出て行っていないか、調べて来い。僕はこの部屋の中を、まず調べる」

「分りました！」

石津が急いで部屋を出て行った。

片山は、現場となった室内を調べた。バスルームや、クローゼットの中などに、何か犯人の痕跡がないか捜したが、ともかく目に見える範囲では、何も見当らなかった。

西川郷子が、ずっとドアの所で立って、その様子を見ていたが――。

「片山さん……」

「西川さん、ともかく、朝食がすんだら〈休憩室〉にいて下さい。連絡はしたものの、ここまで鑑識などがやって来るのに何時間かかるでしょう」

「分りました」

と、郷子は固い表情で肯くと、「どうして三輪山さんが……」

「まず、この人のことを調べなくては。ただの引退したお年寄とは思えませんからね」

「そうですね」

と、郷子は肯いて、「でも——犯人は私たちの中に?」

「さあ、それは……。もちろん、可能性としては考えますが」

「ニャー……」

ホームズが廊下へ出て行くと、クルッと周囲を見回して、ひと声鳴いた。

「お兄さん——」

「そうか」

片山はため息をついて、「大変だな」

「どうしたんですか?」

と、郷子が訊く。

「いや、こちらで暮しておられるんですから、お分りでしょう? この学校の建物は、この棟だけじゃありませんね」

「ええ、授業をする棟も……」

「この棟だって、生徒さんたちの部屋が、今は空いていて、いくつもある」

「つまり……犯人が、どこかに潜んでいると?」

「その可能性がある以上、すべての部屋を捜索しなくてはなりません」

片山は首を振って、「僕一人ではとても無理だ。──むろん、犯人がすでに逃走した可能性もありますが、隠れているとしたら危い。応援が来てから、手順を決めて調べましょう」

想像しただけで頭痛がしてくる片山だった……。

家を飛び出したものの、安西修二に行くあてはなかった。

それでも、家にいれば、いつ刑事がやって来るか分らない。そして、ともかくじっとしていられなかったのである。

まさか──まさか、ばあちゃんが〈オレオレ詐欺〉に引っかかるとは。それも、仕掛けたのは、仲間だったのだ。

その仲間への怒りと、自分自身への怒りで、修二は焼きつくされそうだった。

俺がやって来たことは何だったのか。

ばあちゃんを殺した「ひどい奴」と同じことを、俺はやって来たのだ。

やり切れなかった。ともかく、あの仏壇の前にはいられなかったのだ。

夢中で歩いていた。どこへということもなく、ともかく必死に歩いて汗をかくことで、少しでも辛さから逃れようとしていたのである……。

「畜生……。畜生……」

と、くり返し口の中で呟いていた。

「危い！」

突然、腕をつかまれて、引張られた。

急ブレーキの音がして、

「どこ見て歩いてやがる！」

と、怒声が降って来た。

トラックが目の前数センチで停っていた。

引張られるままに後ずさって——気が付いた。腕をつかんでいたのは、道田小百合だったのだ。

「お前……」

「びっくりしたわよ！　トラック走って来るのに、どんどん歩いてくんだもの」

「そうか……」

今になって、修二はゾッとした。「ありがとう……」

そして、

「どうしてここにいるんだ？」

と訊いていた。

「どうして、って……。ここ、倉原村だもの」

「──そうか。じゃ、ここまで歩いて来ちまったのか」

「私、そこのスーパーに買物に行くところだったの」

と、小百合は言った。「あんた……どうしたの？　顔、真青だよ。汗もひどいし」

「ああ……。死んでもいい、と思ってたんだ」

「何ですって？」

「自分がどんなに馬鹿で、ひどい奴だったか、思い知ったんだよ」

「修二」

と言って、小百合は、「いいよね、『修二』って呼んでも」

「ああ、別にどうでも……」

「ともかく、落ちついて。ね、どこかで休んでこ」

「ありがとう、小百合」

と、修二は言った。「でも、やっぱりいけねえよ。家にも刑事が来てた。この辺でも、捕まるかもしれない。一緒にいたら、お前も──」

「来て」

小百合は修二の手をつかんで引張った。

「おい。──どこ行くんだ」

転びそうになって、修二は、「危いじゃないか、そんなに引張ったら！」

「友達がいるの」

「友達？」

「小学校からの親友。その子の所で休めばいいわ」

「だけど……」

「黙ってついて来りゃいいの！」

小百合は有無を言わせず、修二を狭い通りへと引張って行った。


「どうなってんだ……」

と、安西修二は呟いた。

「こうなってんのよ」

と、道田小百合が応じた。

「お前……。冗談言ってる場合か」

「これが冗談？」

小百合は、修二の裸の胸に頭をのせて、「冗談で、こんなことしないよ」

と言った。

二人は、大分くたびれた布団の中で、裸の体を重ねていた。

「だけど……どうして……」

「今さら何よ。ちゃんと私のこと、抱いたくせに」

「そりゃあ……」

「私、これが初めてじゃないわ。といって、そんなにベテランでもないけどね」

と、小百合は深々と息をついて、「ともかく修二を救いたかったの」

「小百合……」

「死にたい、って思ってるのを、何とかして『生きたい』に変えてやりたかった」

「そうか。――ありがとう」

「生きたい、って気分になった？」

「ああ。お前の体、こんなにあったかくて、抱き心地がいいんだもの、これきりで死ぬなんていやだ」

「それでいいのよ」

小百合はのび上って修二にキスした。

「俺は……でも、捕まるぜ、いつかは」

「待ってるわ。出所するまで」

「長くかかるぜ。何しろ人を殺すんだからな」

「殺す？　誰を？」

――ここは、小さな旅館である。

小百合が言った「小学校からの親友の家」は嘘ではない。この旅館を経営しているのは、友人の父親。

しかし、観光地でもないこの辺り、旅館はほとんどラブホテル代りに使われていた。

「俺の仲間さ」

と、修二は言った。

「仲間をどうして殺すの？」

「ひどいことをやりやがったからさ」

修二は、自分がやって来たこと、そして、大事な「ばあちゃん」が、仲間に騙されて死んだことを打ち明けた。

小百合は黙って聞いていたが、

「――可哀そうに」

と、少しして言った。

「ああ、ばあちゃんは可哀そうだった」

「修二もだよ」

「俺？　俺なんか、どうなっても自業自得だよ」

「だめよ、そんな風に言っちゃ」

と、小百合は修二を抱きしめた。「人間、誰だって、間違いをすることはあるわ。それに気付いて、立ち直ればいいのよ」

「だけどな……。俺が〈オレオレ詐欺〉なんかに係らなきゃ、ばあちゃんは死ななくて済んだんだ」

「それはそうだろうけど。——でも、だめ！　人を殺したりしたらだめだよ」

「俺はこの手で決着をつけたいんだ」

「我慢して」

「だけど——」

「その人たちが逮捕されりゃいいんでしょ？　警察に任せなさいよ。ね？」

「小百合。——気持は嬉しいよ。でも、これだけは、俺がやらなきゃ。自分のためなんだ。やらなきゃ、自分のことが許せない」

修二の決心は固い。

小百合は諦めたように、

「分った。——好きにするといいわ」

と言って、しがみつくように修二を抱き直した。

私が。——私が止めてみせる。修二が人殺しをするのを、止めてみせる。

たぶん、修二はその「かつての仲間」に連絡を取ろうとするだろう。でも、その相手は修二の祖母を騙している。

修二が仕返しをしようと思っても、向うは先刻承知だろう。逆に、修二の方が殺されるかもしれない。

そうだ。そんなことにならないように、私がついていていてあげなくては。

小百合は、どこまでも修二について行こうと決心していた……。

12　隠された顔

応援の警官や、鑑識、検視官がやって来るまでに、三時間以上かかった。

「——とんでもない所だな」

と、検視官は学院の建物を呆気に取られて眺めていた。

「殺人現場なんですよ」

と、片山が言うと、

「分ってる。どこだ、死体は?」

片山は検視官を案内した。

現場に鑑識が入り、凶器のナイフの指紋を調べたりしている。

一方、石津は片山の指示の下、警官たちを二班に分けて、それぞれの棟を捜索することにした。

「——みごとに一突きだな」

と、検視官は少し診て言った。

「そりゃ分ってますけど……」

と、片山は言った。「争った跡もないですね。眠っているところを刺されたとか？」

「あり得るな。少なくとも、苦しむ間はなかっただろう」

——現場になった部屋に、特に手掛りになりそうなものは見付からなかった。

「刺されたのは……そうだな、ゆうべの夜中の二時、三時ってところだろう」

と、検視官が言った。

「分りました」

片山は、ナイフに指紋がないことをメモすると、「じゃ、運び出して下さい」

と言った。

三輪山涼一の死体が担架に移される。片山の足下で、

「ニャー」

と、ホームズが鳴いた。

「何かあったか？」

ホームズが、死体の首筋の辺りに鼻先を近付けた。

「ちょっと待ってくれ」

片山は、死体を床へ下ろすと、ホームズが首の裏側を覗き込むようにするのを見た。

「背中か？」

刺されているのは胸だが……。

三輪山涼一は、パジャマの上に薄手のガウンをはおっていた。ナイフは、ガウンの胸の開いたところへ刺さっていたのだが……。

片山は、他の刑事へ、

「手伝ってくれ。死体のガウンを脱がす」

と、声をかけた。

ガウンを脱がせ、パジャマのボタンを外して、死体をうつ伏せにした。

パジャマを取り除くと――。

「こいつは……」

涼一の背中には入れ墨が彫られていた。

龍の図柄だ。

「ほう」

検視官は目をみはって、「こいつは本格的だな。――もう九十近かったんだろう?」

「八十九だと思います」

「これは昔風のヤクザの彫りものだろう。何者なんだ?」

「分りません」

と、片山は首を振って、涼一の指紋を照合させていたことを思い出した。

石津のケータイにかける。

「あ、片山さん！　今かけようと思っていたんです」

「どうした？　何かあったのか？」

「教室の方の棟に、誰かが隠れていた形跡があります」

「分った。すぐ行く。何階だ？」

片山は話しながら部屋を出ていた。


「この部屋は？」

と、片山は訊いた。

「教室と、職員室を管理してた人の寝泊りする部屋です」

と答えたのは、西川郷子だった。

片山が声をかけて、一緒に講義棟の方へ来てもらったのである。

一階の入口を入った正面に、後から作られたと見える窓口があって、その奥に六畳ほどの部屋がある。

そこには布団が敷いたままになっている。

「ここで暮している人は？」

「学期が終って、休みなので故郷へ帰ったはずです。私、ちゃんとさよならを言いました。憶えていますわ」

「すると、ここは片付いていた？」

「もちろんです。こんな風に布団を敷いたまま、学校を出るなんて、あり得ないことです」

「つまり、この部屋の主がいなくなった後に誰かがここへ入り込んだというわけですね」

「一体誰が……」

郷子も呆然としている。

部屋には、小さいながら浴室、トイレも備わっていた。

「誰かがここに入り込んだとして、気付かないものですか？」

と、片山は郷子に訊いた。

「そうですね……。こっちの棟は空っぽになっていましたから、当然誰もいないと思っていました」

するとホームズが、布団のそばに置かれた椅子の上にヒョイと飛び上ると、

「ニャー」

と鳴いた。

そう。片山も気になっていた。

畳の部屋に椅子があっても、それはおかしなことではない。しかし、妙なのはその位置だった。

椅子は部屋の入口の方へ背を向ける格好で置かれていた。椅子の前にはテーブルも何もない。どうにも中途半端な場所に置かれているのだ。

「おい、石津。この椅子を動かしたか？」

「いいえ、全然触っていません」

「ニャー」

と、ホームズが頭をめぐらせて、浴室の方へ目をやった。

「待てよ……」

片山は布団の所で一旦膝をつくと、立ち上り、椅子の後ろを通って、浴室とトイレの方へと歩いて行った。

「――そうか」

片山は石津へ、「鑑識の人たちに、すぐここへ来てくれと伝えろ」

と言った。

「分りました」

石津が急いで部屋を出て行く。

「片山さん、何か……」

と、郷子が言った。

「この椅子は、つかまるために置いてあるんですよ」

「つかまる？」

「布団から起きて、トイレに行く。そのとき、椅子の背につかまって、向うのドアへ行けます」

「だから、椅子が向うを向いてるんですね」

「そうです。つまり——ここにいた人間は、椅子につかまらないと、トイレや浴室に行くのが大変だった。足をけがしていたからです」

「それは——」

「ええ。間違いなく松井明がここにいたんでしょうね」

警察の手入れがあって、逃げるときに足をけがした松井明が、ここに潜んでいた……。

そして、三輪山涼一が殺され、松井は姿を消した。

石津が鑑識の人間たちを連れて戻って来た。

「この部屋を調べてくれ。椅子の背もたれに指紋があると思う。浴室に髪の毛なども落ちてるだろう」

「分りました」

早速手分けして捜査が始まる。片山たちは廊下へ出た。

「何かあったの？」

晴美がやって来て訊いた。

「お兄さんにしちゃ冴えてるじゃない」

片山の説明に、

「ほめてるのか、それ？」

「まあ、一応ね」

「しかし……」

片山は、ちょっと郷子の方を気にして、小声になると、「――ここに隠れてたとすると、食べるものとか、他から持って来たとは思えない」

「それはそうね」

「それに、もし三輪山涼一を殺したのが松井だとすると、まだこの建物の中か、この近くにいるだろう」

「でも、周囲は山よ」

「だから、足をけがしてる身では、遠くへ行けないと思うんだ」

「そうね。じゃあ……」

「この一帯を捜索しよう。〈オレオレ詐欺〉のグループを、ともかく罰してやらなくちゃ」

「同感だわ」

「もっと人手が必要だな」

と、片山は言った。

片山は晴美を促して、外へ出た。

「——どうしたの?」

と、晴美は訊いた。

片山が何か言いたげにしていることを気付いていたのだ。

「うん……。おそらく、あの部屋にいたのが松井明だったってことは確かだと思う」

「そうね」

「ということは……。この休みに、〈K学院〉に残った人たちの誰かが、それに係っていた可能性が高い」

「そうね。松井は足をけがしてた。食事を誰かが運んでいたでしょう」

「それに、料理をしている、あの〈おばさん〉に知られずに、食事を運ぶことは無理だろう」

「そうね。あの〈おばさん〉って、何という名前なの?」

「知らない。——調べてみる必要があるな」

と、片山はため息をついて、「それに、何より、松井明がなぜ、ここに来たのか、ってことだ。普通なら逃亡先に学校なんか選ばないだろう」

「それって、つまり……」

「はっきりした証拠はないが、おそらく松井明は三輪山和美の、行方不明の父親じゃないかな」

「それなら、娘のいる所へ逃げて来たのも分るわね」

「だけど、そうなると、あの子の目の前で父親を逮捕しなきゃならなくなる」

「でも、それは……」

「分ってる。仕方のないことだ。ただ……」

片山は、どう言ったものか分らなくて、言葉を切った。

「お兄さんが迷うのも分るけど」

と、晴美は言った。「もし松井がここから逃げのびたとしたら、元の仲間に殺されるかもしれないわ。ここで逮捕する方が、本人のため、ってこともあるわよ」

「確かにそうだな」

と、片山は肯いた。「それに松井が和美君の父なら、三輪山涼一の息子ってことだ。松井に父親を殺す理由があったのかな?」

「足をけがしてるのよ。あの部屋まで上って行けたと?」

「そうだな。無理をすれば上って行けないこともないだろうが、僕らも泊っていたんだ。見付かる危険が大きい」

「そうね。でも、ともかく……」

「分ってる。課長に人手が足りないと言ってやるよ」

片山はケータイを手に言った。

小百合は本当にやって来た。

「来たのか」

と、安西修二は言ってしまった。

「何よ。私が来ないと思ってたの？」

と、小百合は口を尖らした。

「いや、そうじゃないんだ」

と、修二はあわてて言った。「ただ——俺と一緒に来ると、危いからさ」

「そんなこと、ちゃんと承知してるわ。その上で決めたことでしょ」

二人は駅のホームのベンチに腰をおろした。もう夜になって、ホームには他に人の姿はない。

「あと十分で列車が来るわ」

と、小百合は腕時計を見て言った。「でも東京へ行くのに乗り継ぐ列車がないの。だから、いつもガラガラなのよ」

「それじゃ――」

「終点の駅のそばに小さな温泉旅館がある。そこで一泊して、明日の朝早く発ちましょう」

「分った。――俺、何だかふしぎなんだ」

「何が？」

「ほんの少し前まで、いつ捕まるかって、びくびくしてたのに、今はちっとも怖くない。堂々と道を歩いてられる。交番の前だって平気で通れる。交番のお巡りに挨拶でもできるぜ」

「変な人」

と、小百合は笑った。

修二は、少し間を置いて、

「お前のおかげだ」

と言った。

「何なの？」

「お前と――ああなって、俺、本当に一人前の大人になった、って気がしたんだ。お前がついて来てくれるんだから、俺って結構いい奴なのかもしれないって気がして来た」

「そうよ」

小百合は修二の腕をつかんで、「私の大事な人なのよ」

「うん」

修二は嬉しそうに肯いた。「お家にはどう言って来たんだ？」

「急な仕事で、って言ったわ。大丈夫。仕事のことなんか、誰も知りゃしないから」

やがて列車が来て、本当にガラガラだった。

二人が乗って列車が動き出すと、

「お弁当、買って来たのよ」

と、小百合がビニール袋を取り出した。「列車で食べれば、食堂に入らなくてすむわ」

「助かった！　腹、空いてたんだ」

修二は、割りばしを割るのももどかしく、弁当を食べ始めた。

「――修二、ケータイが」

「うん。誰だろ？」

修二のケータイに着信していた。――知らない番号だ。

少し迷ったが、修二は出ることにした。

「――もしもし」

と、用心しながら言うと、

「おい、修二か？」

と、声がした。

まさか！　――修二は耳を疑った。

「修二……ですが」

「良かった！　俺だ。松井だ」

と、ホッとしたように、「お前、捕まってないのか？」

「ええ、まだ……」

「そうか！　良かった。俺も何とか逃げてるんだが、足をけがしててな。ちょっと困ってるんだ。誰か逃げのびた奴はいないかと思ってかけてたんだ」

「そうですか」

「今、どこだ？」

「田舎へ行ってたんで……」

「そうか。俺は山の中に隠れてる。来てくれないか」

松井明だ。――俺をあの仕事に引張り込んだ男だ。

「行きますよ、もちろん」

そうさ。もちろん、殺しに行ってやる。

「そうしてくれるか！　ありがとう」

「いえ。松井さんはボスだったんですから」

「嬉しいぜ。――ちょっとややこしい所なんだ。場所を説明するからメモしてくれるか」

「分りました」

修二は、小百合の渡したボールペンを手に、弁当の包み紙を広げると、「言って下さい。メモします」


「もしもし」

片山はケータイを取り出して、東京からの着信に出た。「片山です。――そうです」

廊下は静かだった。

「はい、――分りました。――ええ、そうします。よろしく……」

通話を切ると、ケータイにメールが来た。

それを読んでいると、

「どうしたの？」

晴美がやって来た。ホームズがついて来ている。

「今、課長から連絡があった」

「何ですって？」

「応援をすぐには出せないそうだ」

「それじゃ――」

「人手を揃えるのに、今日一日かかるとさ。明日、朝一番で出してくれるそうだ」

「ということは……」

「今夜一晩、松井は隠れるか逃げるかすることになるな」

「暗くなったら捜索できないわ」

「ああ。仕方ない。明日まで待とう」

と、片山は言って、「メールが来た」

「何のことで？」

片山は少し、間を置いて、

「調理場へ行こう」

と言った。

――広い調理場に、〈おばさん〉の姿があった。

手早く、しかしむだのない動きで、いつもの通りに働いているのが分る。

片山たちが入って行くと、振り向きもせずに、

「夕食は何人分ご用意しましょうか？」

と訊いた。

「僕らは今夜もお世話になることになりました」

と、片山は言った。「明日になると、大勢応援が来ることになっています」

「そうですか。作りがいがありますわ」

と、〈おばさん〉は淡々と言って、「もうお分りなんですよね」

と続けた。

「たぶん、調べなくても、あなたに訊けば、ちゃんと答えてくれたんでしょうね」

と、片山は言った。「あなたを信用しなかったわけじゃないんですが」

「いえ、当然ですよ」

と、〈おばさん〉は言った。「私の名は、〈三輪山恭子《きようこ》〉です」

「――え？　嘘！」

と、声がした。

「まあ、聞いてたの」

「〈おばさん〉は私の……」

と、和美が言った。

「まあ、本当の〈叔母さん〉に当るんですね」

と、三輪山恭子は言った。「でも、私はあなたのお祖父様がお手伝いの女性に産ませた子なんです。ですから、あなたのお父様昭夫さんとは母親が違う。母は若くして亡くなりましたが、そのときにお祖父様は私を認知して三輪山の姓を名のれるようにして下さったんです」

「そうなんだ……」

和美は少しの間迷っている様子だったが、

「でも――〈おばさん〉が私と縁があって、私、嬉しい」

「ありがとう、和美さん」

恭子は少し潤んだ目を向けて、「ここで働けるようにして下さったのも、三輪山涼一さん」

「恭子さん」

と、片山は言った。「いくつかお訊きしたいことが」

「はい」

と、恭子は肯いて、「お料理が途中なので、見ていていただけますか？」

「私が」

と、晴美が進み出て、「ちゃんと味をみておきます」

「よろしく」

恭子はエプロンを外すと、「逮捕されるんですね」

「今はまだ……」

と、片山は言った。「松井明を、あなたの棟に匿《かくま》っていたんですね」

「そうです」

と、恭子は言った。「片山さんたちがみえる前の日の夕方でした。この調理場に現われて……。ともかく夜まで、森の中に隠れているように言いました」

「そして夜になってから、松井をあの管理人室に連れて行った」

「そうです。傷の手当もしなくてはなりませんでしたし、大変でした。――西川先生などが起きてしまわれるといけないと思い、申し訳なかったのですが、夕食の料理に睡眠薬を混ぜて……」

「それでみんな寝坊したんだ」

と、和美が言った。

「松井明は今どこにいるんですか?」

と、片山は訊いた。

「分りません」

と、恭子は首を振って、「この近くにいるでしょうが……。足の傷が回復して来ていれば、山を下りるかもしれませんが」

「下りられる地点には、警官がいます」

と、片山は言った。

そして、肝心のことを訊かねばならない。

「恭子さん。松井明は〈オレオレ詐欺〉のリーダーでした。松井明は、和美さんの父親、三輪山昭夫なんですか？」

和美が、ギュッと唇をかみしめた。

恭子はゆっくり肯いて、

「ええ、そうです」

と言った。

「お父さんが生きてたんだ……」

と、和美は呟くように言った。

「他人ならば、助けたりしません」

と、恭子は言った。「でも——昭夫さんは変ってしまった。和美さんに会いたいと思って、ここへやって来たのかと思いましたが、和美さんのことには少しも関心がないようでした」

「私の——お母さんは？」

と、和美が訊く。

「飛行機が不時着したのは事実だったようで、その際に、冴子さんは亡くなったと言っていました。本当かどうか分りませんけれど」

「そうなんだ……」

和美は目を伏せて、「じゃ、やっぱり私は悪いことして稼いだお金で、この学校に入ったのか」

「いや、おじいさんの涼一さんのお金だったかもしれないよ」

と、片山は言った。「昭夫は振り込むことだけやっていたのかも。——三輪山涼一さんの指紋を照合したところ、かつて犯罪組織で〈謎の顔役〉と呼ばれていた人物のものと一致しました」

「おじいちゃんはどういう人だったの？」

と、和美は訊いた。

「それは私にもよく分りません。ほとんど会ったこともなかったのです」

「松井明が三輪山昭夫だということははっきりしたわけだ」

片山は肯いて、「何とか彼を、けがなどさせることなく逮捕したい」

「ええ、そうして下さい」

と、恭子は言った。「でも——絶対に捕まらない、と言っていました。捕まるくらいなら死ぬ、と……」

恭子は少しして、

「和美さん、黙っていてごめんなさいね」

と言った。

「和美君」

と、片山が言った。「深雪君と、今日引き上げる鑑識のメンバーについて、ここを出たらどうだい？　明日、何が起るか分らないからね」

「いいえ」

と、和美は首を振って、「どんなことになっても、お父さんの顔を見たい。ここにいます」

「私も」

と言ったのは、いつの間にか話を聞いていた深雪だった。「和美さんと一緒にいたい」

「二人なら、何があっても大丈夫」

と、和美が手を伸して、深雪の手をつかんだ。

「――分った」

と、片山はため息をついて、「しかし、危険なことが起るかもしれない。僕らの指示に従うと約束してくれ」

「分りました」

和美と深雪は肯いた……。

13　集合

「こんなことになるなんて……」

と、小夜子はベッドの中で呟いた。

それは一つの意味だけではなかった。

村松に抱かれる。——そのこと自体は、小夜子がひそかに望んでいたことでもあった。

こうして、ホテルの一室で、村松との情事の後、まだ少し汗ばんだ肌をシーツにくるんでいる自分は、想像していなかったわけではない。

むろん——夫を裏切ることの後ろめたさ、長く付合って来たわけでもない男に身を任せることの怖さもあったが。

村松は、先にベッドから出て、ガウンをはおると、ソファにかけてタバコに火を点けた。

そして、小夜子の方へ、

「良かったかい？」

と訊いた。

「——ええ」

小夜子は微笑んで、「でも、もう帰らないと……」

「先にシャワーを浴びたら?」

「そうするわ」

ベッドを出て、バスルームへ入ると、ドアを閉めた。

シャワーを出し、髪を濡らさないように気を付けて汗を流す。

こんなことになるなんて……。

村松は逞しい体で、小夜子を充分に満足させてくれた。しかし——終ったとき、小夜子の心にはポッカリと空洞ができたようで、そこを冷たい風が吹き抜けて行った。

小夜子は、満足しながら、充たされてはいなかった。

それは、村松の、小夜子を扱うやり方にどこか冷ややかなものを感じたからだった。

まるで人形を抱いているかのような、小夜子を「心のない」ただの肉体としてだけ支配しているかのような……。

村松のやさしさや、男らしい魅力として見えていたものが、このひとときの体の交わりの後、急に色あせて、見せかけだけのものに思われて来たのだ。

そして、小夜子はこのさめた認識が、村松の本質を肌で感じたことから来る「真実」

だということを知った……。

——帰ろう。早く帰ろう。

小夜子はバスタオルで体を拭くと、ドアを開けた。

村松は背を向けて、ケータイで話していた。

「——そうか。じゃ、まだ無事なんだな？　——分った。俺も行く」

聞いてはいけないような気がして、小夜子は一旦開けたドアをそっと閉めたが、細く開けて、話を聞いていた。

「——夜遅くには無理だろう。山の中じゃ、見付けられない。——ああ、夜明けを待って捜そう。——うん、よく知らせてくれた。——分った、用心しろよ」

いつもの口調とは別人のようで、どこかまともでない印象があった。

ケータイをバッグにしまうのを見て、

「お先に」

と、小夜子は出て行った。

「じゃ、僕もザッと汗を流そう」

「ええ、仕度しておくわ」

村松がバスルームへ入り、ドア越しにシャワーの音がすると、小夜子は村松のバッグをそっと開けて中を探った。

冷たい金属が触れた。覗いて、血の気がひいた。――拳銃だ。

震える手で、小夜子は服を着ると、村松が出て来る前に部屋を出た。

殺されるかもしれない。――恐怖に喘《あえ》ぎながら、エレベーターが来るのを待った。

「早く早く……。お願い！　早く来て！」

口の中で祈るように呟く。

エレベーターが来て、一階へと下りると、小夜子はホテルから走るように出て、やって来た空車を停めた。

タクシーが走り出すと、小夜子はやっと息を吐いて、それでもバッグをつかんだ手は震えていた……。

不意に思い出した。村松が口笛で吹いていた、〈庭の千草〉のメロディを。


「よし」

安西修二は、ケータイをポケットへ入れると、「うまく連絡がついた」

「大丈夫なの？」

と小百合が訊く。

「一人でも多くの連中を集めてやる。その方が、向うだって油断するさ」

「でも、修二……。どうしてもやるの？」

と、小百合は修二の肩に頭をもたせかけて言った。

「ああ、俺は――」

「自分でけりをつけたいのね。分ってるわ。ただ……あんたを失いたくないだけ」

「大丈夫だよ」

修二は小百合の手を握ったが、自信のある口調ではなかった。――それはそうだ。たとえ死んでも、ばあちゃんの敵は取る、と決心していたのだから。

二人は、小百合の名で、レンタカーを借りて、松井の言った山の近くまで来ていた。途中のコンビニで弁当を買い、モテルに車を入れて泊ることにした。

「ぜいたくだな」

と、ベッドで小百合を抱きながら修二は言った。「今夜一晩、ここへ警察がやって来なきゃいいんだ」

「でも、警察も松井って人を捜してるんでしょ」

「ああ、こっちが先に見付けてやる。――村松は切れる奴だから、見付けるだろう」

「今、電話してた人、村松っていうの？」

「ああ。――怖い奴さ。これまで何人も殺してる」

「まあ」

「何だか知らねえけど、このメロディが好きなんだ。よく口笛で吹いてる」

修二は口笛がそこまでうまく吹けないのでメロディを口ずさんだ。「——聞いたことあるだろ」

「ええ。何ていったかしら。知ってるけど、題名が出て来ない」

「そうだ」

修二はベッドに起き上った。「もう一人いた。確かあいつも捕まってない」

「連絡つくの？」

「ケータイ番号は知らないけど……。よく出入りしてたバーの番号は憶えてる」

修二は昔から数字を記憶するのが得意だった。

「私、訊いてみようか」

と、小百合が言った。「あんたがかけたら危いわ」

「じゃ、寛治《かんじ》さんって呼んでもらってくれ」

「〈カンジ〉さんね。——もしもし」

音楽が流れて、ザワついている。

「どなた？」

少し酔ったような女の声。

「すみません。〈カンジ〉さん、います？」

と、小百合は訊いた。

「寛治？——今夜は……来てないね。あんた、誰？」

と言って、「あ、待って。今、ちょうど来たわ。——ね、女から電話」

小百合はケータイを修二へ渡した。

「いるみたいよ」

「ありがとう。——もしもし」

「何だ？　誰だい？」

「寛治さんですね。安西です。安西修二。松井さんとこの——」

「待て」

と、相手は遮った。「こっちからかける。何番だ？」

一旦切って、修二は、

「寛治は、同じ組織にいたわけじゃないんだ」

と、小百合に言った。「松井は〈オレオレ詐欺〉だけじゃなくて、〈クスリ〉にも手を広げてた。寛治はそっちの人間なんだ」

「怖い人？」

「たぶんな。俺は直接聞いたことねえが、やっぱり殺しが仕事だってことだ」

と、修二は言った。「誰かが、寛治は銃身を短く切った散弾銃を持ってるんだ、って言ってた」

「それって――」

「ハンティングにゃ役に立たねえ。人殺しの道具さ」

「へえ！　怖い！」

と、小百合は身を縮めて、「そんな人、呼ばなくても――」

と言いかけたとき、ケータイが鳴った。

「安西です」

「修二か。――お前、無事だったのか？」

「ええ、何とか。田舎へ戻ってたんですけど松井さんから連絡が」

「何だって？　今、どこにいるんだ？」

「迎えに来てほしいと言われてます。足をけがしててあまり動けないらしいんで」

「そうか。――場所は？」

小百合は、修二が場所を説明するのを聞いていたが、ふと、

「そうだわ……」

と呟いた。

「――よし、分った」

と、寛治が言った。「そっちへ向おう。うまく助け出すんだ」

「ええ、よろしく」

「おい、修二。さっき、女がバーへ電話して来たそうじゃないか。誰なんだ?」

と、冷やかすように言った。

「はあ、ちょっと……」

「女は大事にしろよ。じゃ、近くへ行ったら連絡する」

──通話を切って、修二はホッと息をついた。

「ね、修二……」

「何だ?」

小百合は口を開きかけて、

「──いえ、いいの」

と、首を振ると、「思い出したわ、さっきのメロディ。あれ、〈庭の千草〉っていうんでしょ」

と言った。


〈休憩室〉の入口に立っている片山に気付くまで、しばらくかかった。

一曲弾き終って、ホッと息をついてから──。

「あら……」

西川郷子は初めて人の気配に気付いて振り向くと、「いらしたんですね」

「邪魔しても悪いと思って」

と、片山は言った。「ホームズも聞き惚れてたし」

「ニャー」

と、片山の足下で、ホームズが鳴いた。

「まあ、恥ずかしいわ」

と、郷子は微笑んで、ピアノの前から離れた。

そしてソファの方に移ると、

「私、ピアノ弾いたりして……。いけなかったですね」

と、郷子は目を伏せて、「人が殺されたっていうのに……」

「いや、そんなことないですよ」

と、片山は向い合ったソファにかけて、「むしろ――こんなときのために、音楽ってあるんじゃないかな」

「ありがとう……。やさしいですね、片山さんは」

ホームズは床に座って、両方のソファを交互に眺めていたが、やがてフワリと、郷子のそばに飛び上った。

「まあ、私の近くに来てくれるの?」

郷子はそっとホームズの毛並を撫でた。

ホームズは郷子の腿にもたれかかるようにして、目を閉じた。

「暖かいわ……」

と、郷子がつい笑みを浮かべる。「私を慰めてくれてるのかしら。——この学校が、とんでもない事件に巻き込まれて。どうなるのかしら」

「しかし、学校そのものの問題じゃありませんよ」

「でも、私立校はスキャンダルを嫌いますから。——〈おばさん〉が、逃亡犯を匿まっていただけでも……」

片山も、〈おばさん〉こと三輪山恭子を信じたかったが、三輪山昭夫を引き入れるために、食事に睡眠薬を入れている。それはどうしても犯罪と言わざるを得ない。

今日の夕食も、恭子がこしらえたが、晴美が一応監視がてら手伝った。

片山たちの他に、警官数人が残って泊っていて、万一、昭夫が姿を見せたときのために、交替で監視に当っていた。

「その、松井明って名のってた三輪山昭夫って人、お年寄を騙して、お金を奪ってたんでしょう? ひどいことするんですね」

と、郷子はちょっと眉を寄せて、「お祖父さんやお祖母《ばあ》さんの、息子や孫への愛情につけ込んで、貯めた貴重なお金を騙し取るなんて……。本当にひどい。騙されたこと知ったら、どんなにショックでしょう」

「ええ。犯人に怒るより、騙された自分を責める人が多いんですね。また、子供たちから叱られたりして、中には自分で命を絶つ人も」

「まあ……」

「そうでなくても、そのショックで急激に老け込み、亡くなってしまう人とか……。間接的な殺人ですよ」

「本当ですね。犯人は自分の親や祖母が被害にあったら、って考えないんでしょうか？　自分だって、年老いて行くのに……。そういう犯罪に係ってる若い人が大勢いるんでしょう？　後になって悔むってこと、ないんでしょうか」

と、腹立たしげに言って、「すみません。つい……」

「いや当然です。僕らがもっと頑張って、犯人を逮捕しなきゃいけないんです。申し訳ないと思いますよ」

「片山さんのせいでは……」

「しかし、刑事として、反省しなくては。――ああ、もうおやすみになった方が」

「ええ」

と、郷子は立ち上って、「片山さんはおやすみにならないの？」

「寝ますよ、もちろん」

と、片山は肯いて、「ただ、夜明けには起きないと。もし、松井がこの近くに潜んでいたら……」

「でも――危いわ。武器を持っているかもしれないでしょう？」

「それはそうですが、僕の仕事ですからね」

「そうでした。でも――用心して下さいね」

「大丈夫です。人一倍用心深い性質ですから」

「もっと――人十倍くらい用心なさって」

そう言って、郷子は片山にキスした。

今夜は突然ではなかったが、それでも、郷子が〈休憩室〉を出て行って、しばらく片山は動けなかった。

「ニャー」

と、ホームズが鳴いて、やっと見えない縄が解けたように、片山はフウッと息を吐き出したのだった……。

14　灰色の空

少しずつ、空が明るくなり始めていた。

夜明けにはまだ間があるが、徐々に辺りが夜の中から浮かび上るように見えて来た。

修二は、吐く息が白くなるのを、驚いて見ていた。むろん朝の内だけだろうが、やはりこの辺りは気温が低い。

「もう来てもいいころだよな……」

と呟く。

自分でも意外だったが、修二は少しも怖いと思っていなかった。緊張してもいない。

もちろん、いざ松井を目の前にしたらどうなるか分らないが、少なくとも今は冷静だった。

そうか……。

一度、死を覚悟したからかもしれないな。たとえ殺されても、ばあちゃんの敵を討つ、と決心したのだ。

でも——その一方で、修二は「生きること」への執着も覚えていた。

もちろん、修二の人生に突然現われた女——小百合のためだ。

これまで、遊びで抱いた女たちとは比べものにならなかった。もっと遊び慣れて、修二を楽しませてくれた女はいた。

しかし、今までの女全部合せても、小百合のキス一つにも及ばなかった。何の義理もなく、何一つ得になることもないのに、修二を愛してくれる、そんな小百合の想いは、修二を変えてしまった。

また小百合を抱いて、小百合と生きていきたい。その思いが修二の中に生まれていた……。

修二はモテルの前に立っていた。

ここが分らないってことはないだろうが……。

足音一つしなかった。

突然、肩に手を置かれて、修二は飛び上るほどびっくりした。

「——村松さん！　ああ、びっくりした」

と、息をつく。

「周囲の様子を見てたんだ」

と、村松は言った。

「村松さん。俺が裏切ってるって思ってたんですか？」

と、修二はむくれて見せた。

「そういうわけじゃない」

と、村松はニヤッと笑って、「いや、そうかな。それぐらい用心してるから、今まで生きのびて来たんだ」

そう言うと、村松は大きく息を吸い込み、

「ああ……。冷たい空気ってのは気持いいな」

「そうですか？」

「お前、車は？」

と、村松は訊いた。「ここへは車で来たんだろ？」

「女の車で」

「へえ。どこの女だ？」

「俺って結構もてるんですよ」

と、わざとふざけた口調で、「女はもう行っちゃいましたけど」

「そうか。他に声をかけたのは？」

「連絡つく奴には──。でも、あのとき、ほとんど捕まっちまいましたけどね」

「しかし、松井さんとよく連絡できたな」

「向うからかかって来たんですよ。出られて良かったです」

「詳しい場所は分ってるのか」

「一応聞いてます」

と、修二はメモを出して、「この山の上の方なんですね。捜すの、ちょっと大変そうですが」

「何とかなるさ」

と、村松は言って、「誰だ！」

鋭い声と共に振り向いた。

「もっと早く気付かないと、死んでるぜ」

コートをはおった男が立っていた。

「寛治さん……」

と、修二は言った。

「あんたも来たのか」

村松はちょっと不満げだった。

「松井さんにゃ世話になったからな」

と、寛治は言った。

修二は、寛治の姓を知らない。もちろん〈寛治〉だって本当の名かどうか知らないが。

「松井さんは足をけがしてるんだろ？　見付けても、山から下ろすのは大変だ。一人でも多くいた方がいい」

「そりゃそうだな」

村松は肩をすくめて、「しかし、警官隊と撃ち合いになるのはごめんだな。そうなったらあんたに任せるよ」

「そんなことにならないようにするさ」

と、寛治は言った。「他に誰が来るんだ？」

実際、修二はあと三人、連絡をつけて、ここへ来るように話してあった。しかし、一向に来る様子はない。

三人は二十分ほど待っていたが、

「もう明るくなる」

と、寛治が言った。「その三人は来るつもりがないだろう」

「情ねえ奴らだ」

と、村松が言った。「よし、この三人で、何とか松井さんを救い出すんだ」

「そうしましょう」

と、修二は言った。「山へ入る道は、警官が見張ってると思うんで、道のない所を上るしかないですが」

「分るのか？」

「昨日の内に、当っておきました。細い踏み分け道みたいなのがあって、そこなら」

「よし、行ってみよう」

と、寛治は促した。

辺りはずいぶん明るくなっていた。


「お兄さん」

ドアを叩く音と、ドア越しの声で、片山は目を覚ました。

隣のベッドでは、石津が豪快な寝息をたてている。

急いでドアを開けると、

「どうした？」

と、目をこすりながら訊く。

「あの〈おばさん〉——三輪山恭子さんがいなくなったわ」

と、晴美が言った。

「すぐ仕度する」

片山は石津を叩き起こして、急いで身仕度を整えた。石津は、初め、

「朝食ですか？」

と訊いたが、さすがにすぐにベッドから飛び出した。

「――見張ってた警官は？」

と、部屋を出ながら片山が訊いた。

「見張るっていっても、表だから。あの〈おばさん〉なら、目につかないで外へ出られるでしょう」

「そうだな」

一階へ下りて行くと、

「申し訳ありません」

と、見張り役だった警官が頭をかいていた。

「仕方ないさ。どっちへ行ったか、分らないのか？」

「急な斜面を下りて行ったんではないかと。柵が壊れているんです」

「そうか……。晴美」

「うん」

「山を下りたとしても、行ける場所は限られてるだろう。松井をどこかで待つはずだ」

「駅じゃないわね、きっと」

「どうかな。こっちの裏をかいてくるかもしれない」

「いいわ。ともかく車で山の下まで行ってみる」

「頼む。一人で大丈夫か？」

「ホームズがついてるわ。ねえ？」

「ニャー……」

ホームズも少し眠そうだったが、晴美に同行することには異議なかったようだ。

晴美がホームズと一緒に表に出ると、

「どうしたんですか？」

と、西川郷子が出て来た。

おそらくほとんど寝ていなかったのだろう。

「〈おばさん〉がいなくなったんです」

と、晴美は言った。

「まあ……」

「これから山を下りて、捜して来ます」

「分りました。——用心して下さいね」

「ええ、もちろん」

「〈おばさん〉も……。松井をかばって、危険なことにならないといいですけど」

「そうですね。でも、あんなおいしい料理をこしらえるんですもの」

晴美の言葉に、郷子は微笑んだ……。

「行くわよ。ホームズ」

「ニャー」

学園の車があったので、それを使うことにして、晴美は自らハンドルを握った。

山の上は空気が冷たい。

そして、すでに辺りは明るくなっていた。

松井が隠れていたとすれば、足のけがの様子もあろうが、逃げようとするだろう。

晴美は慎重に運転して、学園から曲りくねった道を辿って下りて行った。

下り切った所では道が封鎖されていて、警官が立っている。

「異状ありません」

と、警官が言った。

「駅へはどう行くんですか?」

「この先です。車なら十分ぐらいでしょうか」

「ありがとう」

晴美は車で駅へ向った。

もちろん駅も手配されている。しかし、松井は足をけがしているのだから、やはり車か列車を使うと思った方がいいと考えたのだ。

「――あれが駅ね」

先の方に駅舎が見えた。

晴美は車を停めた。

駅の手前だが、目についたのは、もうこの時間から開いているコンビニだった。

あの〈おばさん〉が、松井を助けて逃げようとしているのだったら、〈コンビニ〉で買いたい物が、きっとあるはずだという気がしたのである。

車を駐車場に入れる。一台、入っている車があった。

ホームズと二人、コンビニへ入って行く。

「いらっしゃいませ」

と、二十歳くらいの女性が、エプロンを付けて、棚の整理をしている。

客は、どう見ても〈おばさん〉ではない、若い女の子で、サンドイッチと飲物をカゴに入れている。

「あの……」

と、晴美が店の女性に声をかけた。「ここ何時から開いてるんですか?」

「まだ開いたばかりです。十五分前くらいですね」

「あの――中年の女性がここへ来ませんでしたか? 体格のいい……」

「いえ、まだお客は……」

と言いかけて、「あの方だけですね」

と、女の子の方へ目をやった。

「そうですか」

「何かあったんですか？　駅の方にもお巡りさんが何人も……」

「逃走中の犯人が立ち回りそうな所を見張っているんです」

「まあ怖い」

「危険はないと思いますよ。万一、何かあったら、逆らわずに言われる通りにして下さい」

「ニャー」

と、ホームズが鳴いた。

「まあ、猫ちゃんが」

「ええ。『そんなこと言ったら、怖がるだけよ』って言ってます」

「面白い」

と、店の女性は笑って、安心した様子だった。


警察……。

コンビニに一番で入っていたのは、道田小百合だった。

修二と一緒にいたかったが、もちろん怖い「殺し屋」と会いたいわけではない。

修二は、

「すべて終ったら連絡するから」

と、駅の近くで待ってろ、と言った。

しかし、修二はおそらく自分もただではすまないと思っているだろう。

そんな「殺しのプロ」を相手に、しかも松井という男に仕返しするなんてことができるのだろうか。

ともかく、修二の方は覚悟しているだろう。でも——小百合は何とかして、修二を救いたかった。

たとえ捕まっても、今なら大した罪にはならないだろう。もし、松井の逮捕に協力すれば……。

その三毛猫を連れた女性は、刑事ではないようだが、話せば分ってくれそうな気がした……。

コンビニを出た晴美は、車に乗ろうとしたが、ホームズが足を止めているのに気付いた。「どうしたの、ホームズ?」

「ニャー……」

と、ホームズがコンビニの方を振り返る。「なあに? ——もしかして、今、店の中にいた女の子のこと?」

その車を見ると、レンタカーだ。たぶん十八、九と見える女の子が、こんな所で……。晴美が見ていると、その女の子がコンビニを出て来た。そして、車の方へやって来ようとして、晴美たちを見てハッとするのが分った。

「逃げないで」

と、晴美は言った。「あなた……何か話したいことがあるんじゃない？」

女の子は迷っていたが、ホームズがスタスタとその足下へと近寄って行き、見上げて、

「ニャーオ」

と、穏やかな声を上げると、ホッとしたような笑みを浮かべた。

「あの……」

「私は刑事じゃないの。兄は刑事でね、私とその三毛猫のホームズは顧問みたいなもの」

「ホームズっていうんだ」

と、かがみ込んで、ホームズの頭を撫でた。「お利口そうな猫」

「話を聞いてくれるわよ、ホームズは」

女の子は晴美に真直ぐ向き合うと、

「私、道田小百合といいます」

と言った。

「片山晴美よ。あなた……」

「松井明って人、捜してるんですか？」

晴美はちょっと目を見開いて、

「あなたも？」

「聞いて下さい」

と、小百合は言った。「私の好きな人が、松井を殺そうとしてるんです」

「殺す？」

「今、松井を捜しに行ってるはずです。山の中に。でも一人じゃなくて。たぶん人殺しを仕事にしてる男たちと一緒に」

と、小百合は言った。「彼は、安西修二といいます。私、修二に人を殺させたくないんです。そして――彼も殺されるかもしれない。それを防ぎたいんです」

「話を聞かせて」

と、晴美は車のドアを開けて、「中へ入って。せっかく買ったサンドイッチ、食べたいでしょ？」

「ちょっと……待ってくれ」

と言ったのは、村松だつた。

「おい、大丈夫か」

と、苦笑しながら、寛治は振り向いて、「運動不足じゃないのか?」

「山登りは苦手なんだ」

と、喘ぐように息を切らして、村松は言った。「平地ならいくらでも歩けるが……」

先頭に立っていた修二はフッと口もとに笑みが浮かぶのを止められなかった。

誰もが怖がっていた、死神のような男。その村松が、少し登りを辿っただけで、動けなくなっている。

こんなものか。――そうなんだ。こいつもただの人間なんだ。

「そうのんびりしちゃいられない」

と、寛治は言った。「おい、修二。あとどれくらいあるんだ?」

「正確なところは分りませんけど」

と、修二は言った。「まだ三分の一ぐらいしか上って来てないと思いますよ」

「少し休ませてくれ」

と、村松はハンカチで汗を拭った。

「どんどん明るくなって来るんだ。警察だって、松井さんを捜し始めてるだろう」

と、寛治は言った。「どうする?」

「先に行きましょう」

と、修二は言った。「村松さん、ここで待ってて下さい」

「しかし、松井さんは足をけがしてるんだぞ」

と、寛治は顔をしかめたが、「よし、仕方ない。俺たち二人で行く」

「すまねえな」

と、村松は息をついて、「ここからは、松井さんをおぶってでも運んでやる」

「よし、修二、行こう」

木立の間を抜け、やがて大きな岩の下へ出る。渓流が音をたてていた。

「この岩が目印だそうです」

と、修二は言った。「ここから流れを逆に辿って行くと……」

「水は冷たそうだな。落ちないようにしよう」

「ええ」

流れに頭を出している石を辿って、向う側へ渡る。

「でも……変だな」

と、修二が首をかしげた。

「どうしたんだ？」

「いえ、村松さんのことで、ちょっと……」

「村松がどうしたって？」

「別に……。ただ、いつか話してるとき、村松さん、言ってたんです。『大学じゃ登山部にいたんだ』って」

「登山部?」

「ええ。でも、昔のことですものね」

修二はそう言って、「あ、尖った岩が見えますよ。このルートで間違いないです」

修二について行きながら、寛治は無口になっていた……。

15 逃亡者

フッと目を覚まして、辺りを見回すと、

「妙だな」

と、松井明は呟いた。

とても眠れるような状況ではない。

山の中は冷えるし、警察の目から隠れるために、足場の悪い森の中に潜んでいる。しかも、手入れから逃げたときに負った左足の傷が今も痛む。

こんな状態で眠れるわけがない、と松井は膝を抱えるようにして、明るくなるのを待っていた。

ところが、いつの間にか眠っていたのである。——全く、妙なもんだ。

明るくなった周囲を見回して、松井はちょっと焦った。

夜の闇の中では、あの学校の建物からずいぶん離れた所まで逃げて来たつもりだったのに、校舎がギョッとするほど近かったのである。これじゃ、見付かっちまう！

痛む足を引きずりながら、松井は今の場所から移動し始めた。

しかし、あまり動いてしまうと、迎えに来る修二たちとすれ違ってしまうかもしれない。

「畜生……」

岩の出っ張りの端まで来ていた。下を覗くと、平らな岩だったが、そこまでの高さが二メートル以上ある。

けがさえしていなければ飛び下りてやるのだが、この足では……。

といって、左右を回ろうとすると、かなり動かなければならない。それも楽ではなかった。

車の音がした。——松井からは見えないが、すでに警察が動き出しているということだろう。

修二たちが登って来るとして、やはり明るくなるのを待っていただろうから、やっと登り始めたくらいだと思わなくてはならない。

そうなると、ここまで来るのに一時間はかかるとして……。上から、警察の捜索の手が伸びてくるのと、どっちが早いか。

「こんな所で、捕まってたまるか」

と、松井は呟いた。

そのとき、背後の茂みがガサッと音をたてて、松井は振り向いた。

もう警察が来たのか？

しかし、茂みをかき分けるようにして顔を出したのは――。

「お前か……」

と、松井は息をついた。「よく分ったな、ここが」

「見当つきますよ」

と、〈おばさん〉こと、三輪山恭子は言った。「傷はどう？」

「痛えに決ってるだろ」

「痛み止めは持って来たけど、服《の》むと頭がボーッとしますから危いわ。山を下り切るまで辛抱して」

「ここから下りられるかな」

「任せて」

恭子はジャンパーのポケットから丸めた紐を取り出した。「洗濯物を干す紐だけど、一人二人なら大丈夫」

「よし、ありがたい」

松井はニヤリと笑って、「さすがに頭が回るな」

「そこの木にゆわえますから、待って」

恭子が紐を近くの木の幹に巻きつけて縛り、岩の下へと垂らした。

「これで下りて。私は紐を外して後から」

「よし来た」

松井は俄然元気が出て来た。

紐につかまってなら、二メートルなどどうということはない。少しすると、恭子が上の岩のへりからぶら下って、飛び下りて来た。

「ああ……。運動不足だわ」

と、息をつくと、「このまま下へ行けますか?」

「ああ、大丈夫だ。それに迎えが来る。途中で出会うさ」

「迎えが? 誰がそんなことを?」

「連絡がついたんだ。手入れがあったとき、何人か逃げられた奴がいてな。安西って若いのと連絡が取れて、助けに来てくれることになってる」

「それなら安心だわ。私一人で大丈夫かしらって思ってたの」

「持つべきものはいい子分だな」

と、松井は呑気なことを言って、「じゃ、行こう。早く下りないと……」

松井が用心しながら足を下の岩へと下ろす。恭子が松井の腕をつかんで支えた。

しかし、何といっても大の男を支えるのは大変だ。少しずつ、あまり段差のない所を選んで下りて行くが、なかなかはかどらない。

すでに、すっかり明るくなっていた。

松井も息を弾ませて、

「畜生！　不便だな、足をけがすると」

「仕方ないですよ。その迎えの人が来れば、おぶってもらえるかもしれません」

「だといいが……。あいつ一人じゃな」

と、松井は汗を拭った。「他にも声をかけると言ってたが……」

「ケータイが使えるんですか？」

「いや、電池が切れちまった。お前、持ってるか？」

「刑事さんに取り上げられました」

「そうだろうな」

「さ、その太い枝につかまって。そっと足を下ろして……。そっとですよ」

足を下ろした石が、ズルッと滑った。激しい痛みに、松井は思わず声を上げた。

すると、上の方から、

「今、声がしたぞ！」

という声が聞こえて来た。

「しまった！　こっちへ来る」

と、松井は舌打ちした。

「別の方から下りたと見えるように、柵を壊して来たんですけど、あの刑事さんは馬鹿じゃないわ」

恭子は一瞬考えて、「——ここにいて下さい。そこの木の間に隠れて」

「どうする？」

「私が違う方へ逃げて引きつけます。何とか一人で少しでも下りてください。迎えがきっと……」

「そうか。——よし、分った。頼んだぜ」

恭子は深く重なり合った木々の間を、わざと枝を揺らしながら進んで行った。

「あっちだ！」

と、声がする。

よし、いいぞ。——松井は痛みが少しおさまるのを待って、木の枝につかまりながら、少しずつ下りて行った。

そのとき、

「アーッ！」

という悲鳴が響いた。

片山は、まだ応援は来ていなかったが、三輪山恭子が逃げたのでは追いかけないわけにもいかなかった。

柵が壊されていた所を見たが、その外側の草を踏んだ跡がない。これは追う方をごまかそうとしているのだと思って、逆の方を捜索することにしたのである。

車が通れる道の側は隠れるのに不向きだ。そうなると、真直ぐに切り立った崖もあるので、下りられそうな場所は限られる。

見当をつけて、石津と見張りの警官を連れて、木々をかき分け、下りて行った。

ともかく、木々が深くて、足下がよく見えないので怖かったが、逆に高所恐怖症の身としては、下が見通せないので、足がすくまずに済んだ。

そして「アーッ！」という男の声を耳にしたのである。

「今、声がしたぞ！」

と、片山は言った。

しかし、焦ると危い。相手も、そう速くは下りられないはずだ。

「慎重に行けよ……。足下に気を付けて」

そのとき、下の方で茂みが動いて音をたてた。

「あっちだ！」

と、石津が言った。

だが、片山は疑問に思った。——その誰かは横に動いている。

もしかすると——。

そこへ、

「アーッ！」

という叫び声が響いたのだ。

あれは——女の声だ。

「片山さん」

「うん、たぶん、あれは〈おばさん〉だな。松井からこっちを引き離そうとしてるのかもしれない」

「どうします？」

「しかし、今の悲鳴は本物だ。行ってみよう」

少し木立の間が空いて、歩きやすくなった。それでも、木の幹をつかんでは、ジリジリと下りて行く。

そして枝が左右から伸びて交差しているのを分けて行こうとして——。

と、片山はその場に尻もちをついてしまった。

「ワッ！」

突然ポカッと空間が広がったのである。

比較的緩やかな斜面の中に、裂け目のように一メートルほどの空間ができていた。

今の叫び声はおそらく……。

「片山さん！」

と、石津が言った。

「何か見えるか？」

「あの〈おばさん〉が……岩にしがみついてます」

片山はこわごわ覗いてみた。

滑りそうな岩に、恭子が張り付くようにしがみついていた。必死に足掛りになるところを捜そうとしているが、何もない。

やはり、おそらく松井から目をそらそうとしていたのだ。しかし、放ってはおけない。

「石津！　ロープだ！」

「はい！」

片山は、

「〈おばさん〉！　今、ロープを下ろしますから！　頑張って！」

と怒鳴った。

恭子が片山の方を見上げる。

目が合うと、恭子は、

「すみません」

と言った。「私のことは……」

「ロープにつかまって！　石津が引っ張り上げますからね！」

石津がロープを下ろして行く。しかし――。

「もう、手が……」

と、恭子は言った。「片山さん！　後はよろしく！」

ズルッと手が滑って、恭子の体は、そのまま岩の裂け目を落ちて行った。

片山は息を呑んだ。――とても助かるまい。

「片山さん……」

「松井を追うんだ」

と、片山は言った。「応援が来たら、この下へ行かせる。木の幹に目印を付けとけ」

「分りました」

石津がロープを短く切って、太い枝に結びつけた。

「松井は向うだ。行くぞ」

と、片山は言った。

「ここだったと思います」

と、小百合が言った。「昨日、修二と来て、『ここから登ろう』って……」

晴美はホームズと一緒に車から降りた。

ここから修二という男が登って行った。

晴美はおおよその方角の見当をつけると、石津のケータイへかけた。

兄へかけると、ただでさえ高所恐怖症なのだ。びっくりして足を滑らすかもしれない。

「晴美さんですか！」

と、石津が出た。

「どうなってる？」

と、晴美は訊いた。

「松井を追ってます。〈おばさん〉は落ちてしまいました」

「まあ。——どっちの方向に？　朝日が射してるでしょ」

石津の説明で、松井がほぼ晴美のいる方へ向って下りて来ていると分った。

「ここへ警官を呼ぶわ」

と、晴美は言って、「お兄さん、電話に出られる？」

「待って下さい。代ります」

少し間があって、

「何だ！　今、必死なんだぞ」

と、片山の冷汗が目に見えるような声がした。

「聞いて、今、小百合さんって女の子と一緒なの」

「女の子？」

「恋人が松井の子分だったたって。今、松井を迎えに山を登って行ってるわ」

「何の話だ？」

と、片山は——当然のことながら——さっぱり理解できないのだった。


「やっぱり若いんだな」

と、岩伝いに歩きながら、寛治が言った。

「身が軽いな、お前。さっき、石が滑って、足首をひねっちまった」

「大丈夫ですか？」

と、修二が振り返って言った。

「ああ。そう痛かない。——しかし、こんな危い真似までして、修二っていったか、松井さんを助けるってのは、何かよほどの恩義でもあるのか」

恩義じゃありません、恨みがあるんです、と内心修二は思ったが、

「こんな若い俺を幹部にしてくれましたし……」

と、むろん本音は言わない。

「今どき珍しい奴だな」

と、足を止めずに寛治が言った。「うまく助けたって、もう松井さんが大きな組織のトップになることはないぜ」

「そうですか」

「一度、身許の知れた手配犯を、どこの組織だって歓迎しないさ。お前はそう名も顔も知られてないだろう」

「でも、指名手配されてます」

「そうか。しかし、お前、人を殺しちゃいねえんだろ？」

「え……。まあ、殺したことはないです」

と、修二は言った。「ケンカしてけがさせたことはあるけど」

「お前、いくつだ？」

「二十一です」

「そうか。――それなら大した罪にゃならねえ。いっそ自首して出ろ。刑期も短くてすむ」

「ご心配いただいて、どうも……」

と、修二は足を止めずに、「でも、俺、人殺しよりひどいことをやってたんだな、って……」

「というと……」

「例の〈オレオレ〉って奴ですよ。年寄狙って騙して、老後のために取っといた金、巻き上げて……。ガックリ来て、寿命縮めた人が大勢いるんですよ。――今思うと、よくそんなひどいこと、やれたもんだって……」

つい、本音が出てしまう。

いけない、と思いつつ、しゃべってしまった。

寛治は、黙って修二の後について行きながら、ちょっと微笑んだ。

「――あ、あの出っ張った岩の辺りに下りて来るみたいですよ」

と、修二は言った。

「そうか。――な、修二」

「え？」

「松井さんを助けるのはいいが、うまく下へ下りて、逃げられそうになったら、お前は一人で別の方へ行け」

「寛治さん……」

「一緒に捕まることはない。お前なら、逃げおおせるかもしれねえ。女が一緒なんだろ？」

「ええ……」

「じゃ、女を悲しませねえことだ。女を泣かせるのも、罪だぜ」

寛治の言葉は、修二の胸を突いた。

しかし――ここまで来たのだ。

「さあ、行こう」

と、寛治が促した。

「ええ」

流れはもう渡り終えて、砂利の岸を辿って行く。

「――修二」

「何ですか？」

「村松のこと、どう思う？」

「え？　村松さんがどうかしたんですか？」

「ああ簡単にへばっちまうのは妙だ。それなら初めからやって来ないだろう」

「そうでしょうか……」

「下りて行っても、待ってねえかもしれねえな」

「逃げてる、ってことですか？」

「それならいいが、警官を呼んで来ているかもしれねえ」

「まさか」

と言いながら、修二は自分の狙いが当ったと内心喜んでいた。

村松への疑念を、寛治に抱かせる、という狙いはうまくいった。

ただ捕まるだけでなく、「裏切られる」惨めさを、松井に味わわせたかったのだ。

「じゃ、松井さんを別の方へ連れて行きますか？」

「それも手だな。まあ、その前に見付けなくちゃ」

「たぶん、この辺……」

と、修二が足を止めると、

「修二！」

という声が頭上から降って来た。

見上げると、太い木の幹にしがみつくようにして、松井が手を振っていた。

その格好が、まるで猿山の猿みたいで、修二はこんなときなのに笑い出しそうになるのを、何とかこらえた。

「よく来たな！」

と、松井は言った。

「大丈夫ですか、足？」

「痛むんだ。そっちへ下りて行くのが……。何だ、寛治か」

「どうも」

「ありがてえ。他には？」

「村松さんが下の方で」

「そうか。——ここから下りるのが骨だ。たったこれだけなのにな」

それでも、三メートルくらいの高さがある。

修二は、

「今、そっちへ上って行きます」

と言った。「待ってて下さい」

「ロープか何かあるか？」

「買っときました」

「よし。この幹に結びつけてくれたら、それを伝って下りる。——警察が追って来てるんだ」

「すぐ行きますから」

修二は、手近な岩を這い上り、むき出しになった木の根っこにつかまりながら、松井の方へと近付いて行った。

ロープを幹にくりつけ、松井が下りようとするところを、足が滑ったふりをして、突き落としてやろうと思っていた。

むろん、三メートルほどの高さだから、死ぬことはないが、痛めた足はもっとひどくなるだろうし、叫び声を上げれば、追手にも聞こえる。

そうだ。――痛い思いをしろ。辛い思いをしろ。

そして――寛治をどうするかは決めかねていたが、松井は岩をかむ流れに突き落としてやるのもいいか、と思っていた。

「おい、急げ！」

と、松井が苛々と言った。

「待ってて下さい。滑るんで……」

修二は、松井を思い通りにじらしたり、喜ばせたりできることが嬉しかった。

まあ、待ってなさいよ。

あんたにゃ、もっともっと苦しんでもらうから……。

修二は、松井のつかまっている木の所までやって来た。

「大丈夫ですか？」

と、修二は息をついて言った。

「警官が追って来てやがるんだ」

と、松井は言った。「急げ！」

「ちょっと待って下さい」

太い幹へロープをくりつけると、岩の下へと垂らす。

「これにつかまって――」

と、修二が言ったとき、頭上で、

「そっちだ!」

と、声がした。

修二は上の方へ目をやった。もう近くに来ている。

その間に、松井がロープにつかまって、下り始めてしまったのだ。修二は舌打ちした。

ここから突き落としてやろうと思っていたのに!

松井も必死だ。下で待っている寛治の所まで下りると、ハアハアと喘ぎながら、

「逃げよう。――この先は大丈夫か?」

と言った。

「今のところは。おい、修二!」

「すぐ行きます」

頭上の様子に気を取られていた。

ロープをしっかりつかもうとして、足が滑った。

一瞬のことだった。ロープをほとんどつかむことができず、修二は三メートル下へと落ちてしまったのだ。

「いてっ!」

と、思わず叫んだ。

足から下に着いたものの、ねじれて倒れた拍子に右の足首に激痛が走った。

「おい！　大丈夫か！」

寛治が修二を抱き起こす。

「ドジしちまった……。いてて！」

とてもまともに歩ける状態ではなかった。

——何てことだ！

寛治は修二の右足首に触って、

「折れちゃいないようだが、痛いだろう」

「畜生……。せっかくここまで……」

修二は唇をかんだ。

「ぐずぐずしてると追い付かれる！」

と、松井が苛々と言った。「そいつは放っとけ。おい、寛治、肩を貸せ」

寛治はチラッと松井を見て、それから修二へ、

「俺におぶされ」

と言った。

「え……」

「こう見えても、重い物を運ぶのは慣れてるんだ。さ、遠慮はいらねえ。背中に乗れ」

びっくりしたのは松井である。

「おい！　俺を助けるのが先だ！」

と言った。

「あんたの方が楽なはずですよ。そこに太い枝を折っときました。杖にして、下りましょう」

「何言ってやがる！　そんなチンピラ、どうなったたっていい。放り出しとけ」

寛治は冷ややかに松井を見て、

「こいつは命がけでここまであんたを助けに来たんだ。放っとけ、はないだろ」

「俺の言うことが――」

松井は寛治の手に拳銃があるのを見て、口をつぐんだ。

「俺は恩知らずな奴は嫌いでね」

と、寛治は言うと、「さあ、ここに残って捕まるか？」

松井は怒りに真赤になったが、ここは言われる通りにするしかない。

「分ったよ。――でかい面しやがって」

と、ブツブツ言った。

「さあ」

と、寛治が修二の方へ背を向ける。

「寛治さん……」

修二は言葉に詰って、言われるままに寛治の背に身を預けた。

寛治はびっくりするほど軽々と修二を背負って立ち上った。

「何だ、お前。ずいぶん軽いな」

「え……」

「俺は若いころ本格的に登山をしてたんだ。いつも何十キロも背負って歩いてた。しっかりつかまってろよ」

「はい……」

「松井さん、先へ行って下さい」

と、寛治が促した。

松井は太い枝を杖代りに、渋々、緩い斜面を下り始めた。


「片山さん、ロープが幹に結んであります」

と、石津が言った。

「ここから下りたんだな」

片山は三メートル下を覗いて、ちょっとゾッとしたが——。

「この真下へ下りたら、晴美さんたちの所に出ますよ」

「うん。しかし向うも一人じゃない。——おい、石津、先にロープを伝って下りろ」

「分りました！」

下に晴美が待っている、と思うと——いささか期待の方向が違うが——石津は張り切ってロープにつかまり、スルスルと下りて行った。

「片山さん！　大丈夫ですよ！」

と、下から言われて、

「お前は大丈夫だろうけどな……」

と、ブツブツ言いつつ、片山はロープにつかまって、ズルズルと滑り下りて行った。

「ああ！　——着いたか」

たった三メートルでも、片山にとっては大冒険（？）だった。

何しろ、三メートル下りる間、目をつぶっていたのだから。

晴美がここにいなくて良かった、と片山は思った。

一緒に追っている警官たちが次々に下りて来る。

「行くぞ！」

片山はしっかり歩ける斜面なので、安心して言った。

向うは足を傷めている。追いつくことができるだろう。片山は珍しく（？）張り切っていた。

「その先に村松さんが待ってますよ」

と、寛治が言った。

「そうか」

松井は苛立っていた。

寛治が修二をおぶっているせいで、松井は自力で杖をついて歩かなくてはならない。

一足ごとに痛みが来て、声を上げそうになる。

畜生！　憶えてろ！

内心、寛治にさんざん悪態をついていたが、寛治が銃の扱いに関しては一流だということは知っていたので、口には出せない。

村松か。あいつがいれば助かる。修二のようにおぶって行ってくれるかもしれねえ。

「――あれ？」

と、修二が言った。「寛治さん、ここですよね？」

「ああ。確かそうだな」

寛治は足を止めた。

「この辺で、村松さん、待ってるって……」

「どこかに隠れてるんじゃねえのか」

と、松井は言った。「村松！　おい、村松！」

と呼んだが……。

「おかしいな」

と、寛治は言った。「修二、お前の言ってたことが当ってたのかもしれないな」

「何だ、それは？」

と、松井が訊いた。

「村松さん、ここでくたびれたって言って、座り込んじゃったんですよ」

と、修二は言った。「でも、あんまりわざとらしくて。もしかしたら裏切って逃げる気なのか……」

「それとも警官を呼んで来るつもりか……」

と、寛治が言った。

「おい、本当か？」

松井が青くなる。修二は、自分の足の痛みはともかく、その松井の様子に「やった！」と思った。

そうなんだ。誰もあんたのことなんか心配しちゃいないんだよ。自分がどんなに嫌われていたか、思い知るといいんだ。

すると、木立をかき分けるようにして、村松が現われた。

「どこにいたんだ！」

と、松井が文句を言うと、

「そろそろ来るころかなと思って、下の様子を見てきたんですよ」

と、村松は言った。「大丈夫です。ここを下りれば、誰もいない道へ出ます」

「そうか。おい、肩を貸してくれ」

「もちろん。——おい、そっちはどうしたんだ？」

と、修二を見て言った。

「足を挫《くじ》いて」

「そうか。おぶってもらって楽してるな」

「おかげさまで」

「早く行こう」

と、寛治が言った。「追い付いて来てる」

「じゃ、俺が支えますよ」

と、村松が松井に肩を貸して、道を下り始める。「なに、すぐですよ」

「車はあるのか」

と、松井が訊く。

「その辺で見付けましょう。ずっと乗らないで、近くの町まで出て、乗り換えれば……」

「うん、そうだな」

松井も少し機嫌が良くなって来た。

修二は寛治におんぶして、唇をかんでいた。

——このまま本当に松井を逃がしたら、俺は自分が許せない！

「寛治さん」

と、修二は言った。

「どうした？」

「下ろして下さい」

「何だって？」

「行って下さい。俺、ここで追って来る警察を食い止めますから。銃を貸して下さい」

「バカ言うな。警官に発砲したら、射殺されても文句は言えないんだぞ」

「分ってます」

修二は、寛治の拳銃で、前を行く松井を撃とうと思っていたのだ。

「そんな無茶してどうする。ここまで来たんだ。もう少し辛抱しろ」

そうしている間にも、松井の姿が木々に隠れて見えなくなる。——畜生！

そのときだった。

「ワーッ！」

という叫び声が上った。

「どうした！」

寛治が声をかけると、

「松井さんが、足を踏み外したんだ」

と、村松が答えた。「つかまえようとしたんだが……」

木々の間から、もう下の地面が見えた。

松井が転り落ちて、地面に叩きつけられ、動けなくなっているのが見えた。

松井へ駆け寄るのは警官たちだった。

「待ち構えてたんだな」

と、寛治は言った。「見て来たんじゃなかったのか」

「見に行ったときは見当らなかったぜ」

と、村松が言った。「大方、隠れてたんだな」

そして村松は、

「そいつをおぶって逃げるつもりか？」

と言った。「追いつかれるぜ」

「寛治さん」

と、修二は言った。「俺をここへ下ろしてって下さい。どうせ逃げるのは無理です」

「そうか」

寛治は肯いて、「じゃ、悪いがそうさせてもらおう。なに、お前はまだ若い。そう重い罪にゃならないさ」

「ありがとうございます」

寛治の背から下りると、修二はちょっと痛みに顔をしかめたが、手近な木の根っこに腰を下ろして、「気を付けて下さい」

「ああ。――じゃ、達者でな」

と、寛治は微笑んで見せた。

「ええ。本当にありがとう」

寛治は村松と二人で、そばの茂みを分け入って消えた。

修二は汗を拭った。――松井を殺してやりたいという思いは残っていたが、今はあの寛治が、ずっとここまでおぶって来てくれたことの方が、心の中では大きくなっていた。まさか、あんな殺伐とした世界で生きている人間にも、ああいう人がいるのだ、と思うと、修二は妙に嬉しくなっていたのだ。

そこへ、足音がして、

「誰かいるぞ！」

と、刑事がやって来た。

「おい」

村松が足を止めて、「いいのか、あのままで」

「何の話だ？」

と、寛治が訊く。

「あの修二って奴さ。ばらして来なくて大丈夫か」

「よせ。俺は殺しが仕事だが、むだな殺しはしない」

と、寛治は即座に言った。「あいつは何も言わないよ」

「それならいいが……」

「どうせ、二人とも手配されてる身だ。同じことだろ」

と、寛治は肩をすくめて、「それより早く少しでも離れよう」

「ああ……」

村松は先に立って岩を辿りながら、「なあ、寛治」

「何だ？」

「さっき、松井がな――」

「何だ？」

「あいつ、俺を突き飛ばすようにして、逃げようとしたんだ」

「どうしてだ？」

「俺が訊いたからさ。『金はどこにある？』ってな」

「村松――」

「あいつは、組織が稼いだ金の半分近くを、どこかへ隠してやがった。逃げてる間は、足も痛めてたし、金を取りに行く余裕はなかったろう」

「そうか……」

「何億って金だ。しかも現金でな。そいつが手に入りゃ、俺たちも遠くへ逃げられるってもんだ」

「しかし、松井は捕まっちまった」

「ああ。だが、金のことは警察も知らねえはずだ。あの高さからだから、落ちても死んじゃいねえ。おそらくこの近くの病院へ運ぶだろう。どこへ運んだかは、調べりゃ分る」

「すると、松井に訊きに行くってことだな」

「ああ。『逃がしてやる』って言えば、あいつは飛びついて来る。――どうだ、一緒にやらねえか。一人じゃ難しいが、二人ならやっつけられる」

寛治は少し考えていたが、

「――よし、やろう」

「そう来なくっちゃな！」

と、村松はニヤリと笑って、「とりあえず警察の待ってない所で下りようぜ」

「そうだな。しかし――」

と、寛治は言いかけて、「まあ、後にしよう」

金の隠し場所へ案内させ、その上で松井をどうするか。

寛治には分っていた。村松は松井を最後には殺すだろうということが……。


そのころ、修二は石津の広い背中におぶわれて、山から下りたところだった。

「――修二！」

小百合が駆け寄った。「良かった！　生きてたのね！」

「ああ。足を挫いちまってさ。ドジだよ、やっぱり俺は」

「いいのよ！　生きててくれりゃ、それで」

小百合は泣きながら修二の手を取った。

「――お兄さん」

晴美がやって来る。「大丈夫？」

片山はくたびれ切って、今にも倒れそうだった。

「あの――〈おばさん〉を助けに……」

「僕が行きます」

石津は修二をパトカーの座席へ座らせると、

「何人か連れて行きます」

「頼むぞ」

「ニャー」

ホームズが、片山を見て鳴いた。

「俺の苦労をねぎらってくれるのか？　ありがとう」

「そうじゃないと思うわよ」

と、晴美が言った。「あんまりくたびれてるから笑ったのよ」

「どっちでもいいが――。松井はどうした？」

「あのパトカーの中、救急車を呼んであるわ」

「具合は？」

「足だけじゃなくて、落ちたときに肋骨が折れたみたいだわ。この近くの町に総合病院があるっていうから、そこへ運ぶことになるでしょうね」

「あの若いのも、そこへ運ぼう」

と、片山は言った。「あの〈おばさん〉が生きてるといいんだがな……」

そして、片山は自分が下りて来た山の高さを見上げて、ゾッとしたのだった……。

16　入院患者

「そんな人だったの……」

と、小百合は修二の手をしっかり握ったまま言った。

「ああ」

修二はベッドに寝て、じっと天井を見上げながら、「怖い人殺しだとばっかり思ってた。それが、俺をおぶってくれてさ……」

「良かったわね」

小百合はちょっと椅子から腰を浮かして、修二にキスした。

「――ともかく、私には修二が生きててくれたことが何より嬉しいの」

「うん……」

修二は小百合を見て、「松井に恨みを晴らせなかったし、俺はこれで刑務所だけど……」

「それが何よ！　修二は生きてるんだから！」

「ああ、そうだな」

な気がするよ」

修二は笑って、「お前にそう言われると、何だかこの先、凄くいいことが待ってそう

「私を信じてればいいのよ」

「だけど……俺が出て来るまで待っててくれるのか？」

「当り前じゃないの！」

と、小百合は修二をにらんで、「だめだって言われても待っててやる！」

「そうだろうな」

「そうよ！」

小百合がもう一度修二にキスした。

咳払いの音がして、小百合があわてて立ち上る。

「邪魔してごめんね」

と、晴美が言った。「ホームズが会いたがってたの」

ホームズがトコトコとやって来ると、修二のベッドの上にフワッと飛び上った。

「こいつが名探偵猫か」

と、修二は笑って、「俺よりよっぽど頭の良さそうな顔してら」

片山がやって来て、

「君のけがは一週間ほどで回復するそうだ」

と言った。

「あの——松井は？」

「あちこち骨折してるし、頭も打ってるからＭＲＩを撮るそうだ。しかし、命に別状ないから、ちゃんと罪を償わせるよ」

「ええ。——俺も同じことをしてた」

「分ってる」

片山は、修二の祖母が騙されたことを、小百合から聞いていた。「今からでも、自分のしたことがどんなにひどかったのか、反省するのに遅くはないよ」

「私がしっかり反省させます」

と、小百合が言った。「入院してる間、ずっとついてていいですよね？」

「だめ、って言ってもついてるでしょ？」

と、晴美が微笑んだ。

「はい！」

小百合の元気のいい言葉に、ホームズも、「ニャー」と笑った。

——片山たちは廊下へ出た。

「一度、Ｋ学院へ戻らないとね」

と、晴美が言った。

「ああ、そうだな。でも、〈おばさん〉が助かって良かった」

〈おばさん〉こと三輪山恭子は、急斜面を滑り落ちて重傷だったが、石津たちが手を尽くして救い出した。

やはりこの病院に入院しているのだ。

「片山さん」

と、石津がやって来た。

「どうした?」

「今、あの学校から、西川郷子と、女の子二人が車で向ってると……」

「そうか。――この病院が急ににぎやかになるな」

片山は、しかしここがどんなに「にぎやか」になるか、分っていなかったのである。

〈K市立病院〉の院長代理をつとめている今井《いまい》始《はじめ》医師は、そろそろ昼食時間になろうとするころ、院長室の院長の椅子にかけて、ケータイで話していた。

「うん、何だか今朝の内、けが人が何人かかつぎ込まれてね。バタバタしてたが、もう大丈夫。落ちついたよ。――え? いや、三時には出るようにするから、待っててくれ」

「ちゃんと来てくれる? この前だって、そう言って、三時間も待たせたわ」

ふくれっつらが想像できる声を出しているのは、今井の彼女である。元、この〈K市立病院〉で働いていた看護師で、今井と付合うようになって、病院を移ったのである。

二人の関係がばれるとまずいことになる。何しろ今井の妻は今の院長の娘だ。今井が院長代理の椅子に座っていられるのは、もちろん妻のおかげだった……。

「この前は院長がいたから、一人で抜け出すわけにいかなかったんだ。今日は院長はアメリカだぜ。僕が院長だ。少し早く出るくらい、誰も文句を言うもんか」

「信じてるわ。おいしい夕ご飯をこしらえるわね」

「楽しみにしてるよ」

チュッとキスの音がして、今井もチュッと返したとたん、院長室のドアが開いて、あわててケータイを置く。

「おい！　ノックぐらいしてくれよ」

つい、強く言ってしまったが、

「聞かれてまずいことでも？」

と、堂々たる貫禄の看護師長、竹本《たけもと》涼香《すずか》は今井を見下ろすように言った。

「そんなわけ……ないじゃないか」

つい目をそらしてしまう今井だった。この大ベテランの竹本涼香は苦手だ。

「お話ししておられるというより、何かチュッという音のように聞こえましたが」

「何を言ってるんだね。それより、何か急な用事か？　僕は忙しいんだが」

何とか平静を装って言うと、

「お忙しいところ恐縮ですが、お客様です」

と、涼香は言った。

「僕でないとだめなのか？　担当の医師は誰だ？」

「患者さんではありません」

「というと？」

開いたドアから、中年の、ちょっと洒落たツイードの上着を着た男が入って来た。

「失礼します。院長先生は？」

「院長はアメリカに出張中で、私が代理の今井ですが……」

「これはどうも」

と、少し芝居がかった言い方で、「東京の警視庁捜査一課の課長をしている栗原《くりはら》といいます」

「は……」

何の冗談だ？　――捜査一課長？

「あの……TVドラマのロケか何かでしょうか？」

と、今井が訊くと、

「これを」

栗原は身分証を取り出して見せた。

「——では、本物の？　失礼しました！」

今井があわてて立ち上る。涼香が笑いをこらえていた。

「突然のことで申し訳ありません」

と、栗原は言った。「お話ししたいことが……」

「どうぞおかけ下さい！」

今井がソファを勧めた。涼香が、

「お茶を出すように伝えますね」

「ああ、頼むよ。よろしく！」

今井は緊張して、「あの——この病院に何か問題が？」

留守中に何かとんでもないことが起ったら、それこそ院長から何と言われるか……。

ということは、妻からもにらまれるということだ。

「いやいや、この病院に、少々ご迷惑をかけることになるので、いわば前もってお詫びに伺ったわけで」

と、栗原は言ったが、どう見ても、「お詫び」している様子ではない。

「といいますと？」

「今朝早く、こちらへ運び込まれた負傷者のことです」

「ああ、何かパトカーが一緒だったと……」

「さよう。骨折などで入院している松井明という男は、全国的な〈オレオレ詐欺〉の犯行グループのリーダーだった男で、指名手配中なのです」

「ほう……」

「他にも、関連して、安西修二という若者と三輪山恭子という女性が、やはり負傷して入院しています」

竹本涼香は、いつの間にか戻って来て、しっかり栗原の話をメモしている。

「当然、逃亡できるような状態ではありませんが、警官が監視に付きます」

「かしこまりました」

今井は少しホッとして、「この竹本涼香君に何でも申しつけて下さい。この病院のことなら何でも分っています」

涼香は、今井がすべて厄介なことを自分に押し付けようとしていると察して、ジロッとにらんだ。

「ただ、問題があります」

と、栗原は続けた。「松井明の下で働いていて、逮捕をまぬがれた人間が何人かいます。その連中が、松井を奪いに来る可能性があるのです」

今井の顔から安堵の表情が消えた。

「それは……つまり、この病院が襲われる可能性がある、ということですか?」

「むろん、万に一つという話ですが、可能性がゼロではない。それでお願いがあって、私がここへやって来たわけです」

「はあ……」

今井は早くも生きた心地がしないという表情だった。

事務の女性がコーヒーを運んで来る。栗原が、

「これはどうも……」

と、ゆっくり味わっている間に、涼香が今井へ、

「ご連絡しなくてよろしいのですか?」

と、訊く。

「え?」

今井が涼香を見る。涼香は唇で、チュッと音をたてて、

「お出かけになれる状況ではないのでは?」

と言った。

確かに、それどころではない。しかし——今井は彼女に事態をどう説明したものか、

考えただけで頭痛がして来たのだった……。

「〈おばさん〉が助かって良かったね」

と、和美は言った。

「本当。知らせを聞いたときはホッとしたわ」

と、西川郷子は車のハンドルを握って、「あの石津さんって刑事さんが、必死で救助して下さったそうよ」

「いい人だね」

と、和美は肯いて、車の窓から外を見た。

——西川郷子は、自分の車を運転して、山を下りているところだった。

もちろん下り坂でカーブも多く、スピードを抑えて運転せざるを得ない。それでも、間もなく山を下り切って、車はK市の市立病院へと向った。

病院へ近付くにつれ、和美は表情を硬くして、無言になった。

車の後部座席に並んで座っているのは、高畠深雪である。和美は深雪の手をしっかりと握っていた。

「もうじきね」

郷子が普通の口調で言った。

和美が無口になり、緊張しているのも当然だ。——病院には、〈松井明〉、つまり父親の三輪山昭夫が入院しているのだから。

ずっと長いこと、「死んだ」と聞かされていた父親が、生きていて、しかも犯罪者として逮捕されている……。

そんな父に会って、何と言えばいいのか。

——和美には全く思い付かなかった。

「あそこだわ」

と、郷子が言った。

車の前方に、〈市立病院〉の文字が、街路樹越しに覗いている。

「待って！」

と、和美が言った。「お願い、停めて！」

「和美さん——」

「私——どう言えばいいか分んないよ。お父さんだなんて言われても」

「分るわ」

郷子は車のスピードを落としたが、停めなかった。「でも、考えない方がいい。自然に会って、ただ、お互いに、生きてるって分るだけでいいのよ」

「でも……」

和美は深雪の方を見て、「私のお父さんがひどい悪人でも、私のこと、嫌いにならない?」

「そんなわけないじゃない!」

深雪は和美の手を強く握り返して、「和美さんは和美さんだよ」

「うん……。そうだね。私は私……」

と、和美は自分に言い聞かせるように、肯いて、「病院につけて」

「はい、和美さん」

と、郷子は言って、車を病院の正面玄関につけた。

「あ、ホームズ」

と、和美が嬉しそうに、「ホームズが出迎えてくれてる」

玄関の前に、ホームズがちょこんと座っていた。そして車が停ると、玄関から晴美が出て来た。

「晴美さん……」

「和美ちゃん、待ってたわ」

と、晴美が言った。「ホームズもね」

ホームズが歓迎の鳴き声を上げて、和美は抱き上げると、

「嬉しい! 私を勇気づけてくれるのね」

と、ホームズに頬ずりした。

「中へ入って」

晴美が先に立って、エレベーターへと向う。「三階が外科なの。あの〈おばさん〉も入院してるわ。それと若い男の子が」

「あ、元子分だったたっていう……」

「そう。でも、今は可愛い彼女のおかげで、すっかり別の人間のように生れ変ったわ」

「すてきですね。私も会ってみたい」

と、和美は言った。

郷子が車を駐車場へ入れに行って、晴美たちは、和美、深雪と一緒にエレベーターで、三階へと上って行った。

三階でエレベーターを降りると、白衣の中年の女性がやって来た。

「晴美さん。こちらが……」

「三輪山和美ちゃんです。一緒の子は、友達の高畠深雪ちゃん」

「外科主任の樫山《かしやま》マキよ。よろしく」

そう大柄ではないが、骨格のしっかりした感じの女性だった。

「あの――」

「松井明――じゃなかった。三輪山昭夫さんの娘さんね?」

「そうです。父は……」

「実はね、今、手術の準備中なの」

と、樫山マキは言った。

「え？　手術？」

「骨折もだけど、山から転落したときに全身を打っているので、万一、内臓に損傷があるといけないっていうことで。痛みはあちこちにあるので、はっきりしないの。――あなたの着くのを待とうと思ったんだけど、当人が痛みを訴えるものだからね」

「じゃあ、今は会えないんですね」

「もう麻酔で眠ってる。三、四時間かかると思うわ」

「分りました……」

和美は少しホッとした。父に会うのが先に延びたわけだ。

「それじゃ――」

と、晴美が言った。「〈おばさん〉に会いに行く？」

「ええ！」

そこへ、郷子もやって来て、みんな揃って三輪山恭子の病室へと向ったのである。

ベッドに横たわっている〈おばさん〉の姿を見て、和美たちは息を呑んだ。

「もう少し打ちどころが悪かったら、命はなかったでしょうね」

と、樫山マキが言った。「三輪山恭子さん。見える？」

頭も首も、ほとんど体中が包帯で覆われている恭子が、ゆっくりと目を開けた。

「〈おばさん〉！　来たよ！」

と、和美が明るく言った。「良かったね！」

恭子は目をしばたたいて、

「まあ……」

と、呟くように言った。「私にそんな……」

「心配したわ」

と、郷子が言った。「でも、運が良かったのね！　〈おばさん〉のお料理の腕が惜しいって神様が思ったのよ」

「先生……。本当にご迷惑かけて……」

「何言ってるの！　ちゃんと治してね」

「ニャー」

と、ホームズが鳴いて、恭子は泣き笑いの表情になった。

——晴美は廊下へ出た。

片山と石津がやって来るところだった。

「お兄さん、どうなってるの？」

「今、課長がここへ来た。──まあ、いくら何でもここへ忍び込んで来る奴もいないとは思うが……」

「でも──」

「うん。松井が……。うなされてたんだ。高熱でな」

「お金があるっていうのね？」

「相当の稼ぎを貯め込んでたらしい。それを迎えに来た村松って男が狙ってると……」

「あの若い安西修二ってのが、村松って男のことを話してくれたんです」

と、石津が言った。

「どうやら、あの年寄の加藤伸介と息子を殺したのは、その村松って男らしい」

「まあ、そうなの」

晴美が目を見開いて、「ここで逮捕できたら──」

「もちろん、充分に警戒する。しかし、何といっても病院だからな。入院患者に危険が及ぶのは避けないと」

と、片山は言った。「この病院の周辺を張り込ませるよ」

和美たちが廊下へ出て来た。

「本当に助かって良かった」

と、郷子が言った。「石津さんが命がけで救って下さったんですね。ありがとう」

「いえ、まあ……当然のことをしただけで」

石津は照れながらも嬉しそうだ。

「片山さん」

と、和美が言った。「安西修二さんっていったっけ？　その人にも会ってみたい」

「いいとも。こっちの病室だ」

ゾロゾロと廊下を奥の方へと進み、片山が病室のドアを軽くノックして開けると――。

「ちょっと会いたいって人たちが――」

と言ったきり、片山は立ちすくんでしまった。

「ニャー」

と、ホームズがひと声鳴くと、修二にキスしていた小百合がやっと気付いて、あわてて体を起こした。

「あ――あの――ちょっと修二さんの熱を測ってたの」

と、真赤になりながら、小百合は言いわけした……。

17 企み

「今日はどのお弁当がおいしい？」

と、コンビニのレジで、竹本涼香は訊いた。「そうね。今日の焼肉弁当は、珍しくいいお肉を使ってるわよ」

なじみのレジの女性は、看護師の制服のままの涼香に、「今夜も夜勤？」

と訊いた。

「そうなの。急なことがあってね」

涼香はカゴに入れたチョコレートや甘いお菓子をレジへ出して、「エネルギー補給しないとね」

「大変ね」

と、レジの女性は道の向いの〈K市立病院〉へ目をやって、「何だかパトカーがいやにさっきから出入りしてるわね。何かあったの？」

「ちょっとね」

涼香は肩をすくめて、「まあ、私たちには関係ないことよ」

「でもあなた、看護師長なんだから、大変でしょ？」

「お弁当を二つちょうだい。温めなくていいわ」

涼香のポケットでケータイが鳴った。「あ、久美《くみ》からだわ、きっと。――もしもし、久美？ ――うん、さっきかけたわ」

涼香はレジから少し離れて、

「あのね、今夜、急な事情で帰れなくなったの。――そうなのよ。ごめんね。夕飯は適当に食べてちょうだい。――え？ お向いの中華屋さん？ いいわよ、好きにして」

と、涼香は笑った。「じゃ、ちゃんとお風呂に入って寝るのよ。分った？ ――はい、それじゃ、戸締りしてね。――はいはい」

通話を切ってレジへ戻ると、代金を払って、「ありがと。今夜も十二時まで開けてる？」

「もちろん。――久美ちゃん、いくつになったの？」

「もう十四。中学二年生よ」

「そう！ 早いわね。でも、しっかりしてて羨しい。うちの子なんか、遊んでばっかりよ」

「まあ、父親がいないと、自然しっかりしてくるのよ。それに母親もこうして年中夜勤があるし」

「でも、久美ちゃんの誇りよ。お母さんがこんな優秀な看護師さんなんだもの」

「だといいけど」

と、涼香は笑って、「じゃ、どうも」

と、コンビニを出て行った。

——店内をぶらついていた男が、缶ジュースとクッキーを持って、レジへやって来た。

支払いをすませると、コンビニを出て、通りを渡って病院へと入って行く竹本涼香を眺めて、

「いいことを聞いたぜ……」

と、村松は呟いた。


「しのぶちゃん」

と、涼香は呼んだ。

向うへ行きかけた看護師が、足を止め、すぐ戻って来る。

「何でしょうか？」

と、矢崎《やざき》しのぶは言った。

涼香は、原則として若い看護師でも、「ちゃん」付けでは呼ばない。

例外がこの矢崎しのぶだった。まだ二十八歳と若いが、頼りになる、優秀な看護師だった。

「聞いてるでしょうけど……」

「刑事さんから聞きました」

と、矢崎しのぶは肯いて、「あの三毛猫を連れた、面白い刑事さん」

「そうね」

と、涼香は微笑んで、「でも、何となく安心できる人ね」

「私、ああいう人とお見合したいです」

「まあ。言っときましょ。――それで、今夜は三階の外科が特別なことになってるわけ。私が三階に詰めるから、あなた、他のフロアを頼むわ」

「――逆にしませんか」

しのぶは少し考えていたが、

と言った。

「逆？」

「私が三階を見ます。涼香さんは他のフロアを」

「でも――」

「もし、三階で危険なことがあったら、私たちが患者さんを守らないと」

「ええ」

「涼香さんには久美ちゃんがいます。万一のことがあったら大変。私は独身で、子供もいません」

「しのぶちゃん――」

「それに、何かあったとき、私の方が若いですから、動けます。涼香さん、悪いですけど、ちょっとここんとこ太ったでしょ。動きが鈍ったら、危険です」

しのぶが大真面目に言った。

「しのぶちゃん……」

「久美ちゃんに恨まれたくないです、私」

涼香は微笑んで、

「――分ったわ。三階はあなたに任せる」

と言った。

「はい、確かに」

と、しのぶはニッコリ笑って言った。

――ありがたい、と涼香は心から思っていた。

もちろん、いくら何でも、ドラマや映画みたいな撃ち合いなど起らないだろうが、万一のことを心配してくれるしのぶの優しさが、涼香には嬉しかったのである。

一階の〈外来受付〉へと回ってみる。

もう受付は終っているのだが、薬をもらったりする人たちが何人か待っていた。

二、三人は涼香も顔なじみの、年寄の患者で、涼香に気付くと、手を振って見せた。

――そう。今日も何事もなく終った。

いや、入院している人や、手術を受けた人にとっては、「何事もなかった」わけじゃないのだ。病気は、人の生活を根底から変えてしまう……。

「――あら」

玄関近くでケータイが鳴った。取り出して見ると、久美からである。

「何かしら……」

涼香は玄関から外へ出た。「――もしもし？　どうしたの？」

返事がなく、

「久美？　どうしたの？」

と、くり返すと――。

「竹本さんだね」

男の声だった。

「え？」

聞き憶えのない男の声が、なぜ久美のケータイから？　「どなたですか？」

「あんたの可愛い久美ちゃんは俺が預かっている」

「何を……」

「俺の頼みを聞いてほしい。なあに、大したことじゃない。断らないでくれよ」

「何の話ですか？　娘は――」

「うるさく詮索したり、頼みを断ったりすると、可愛い久美ちゃんには二度と会えなくなるぜ」

涼香は青ざめた。これは現実に起っていることなのだ。

「久美は……無事なんですか」

声が震えた。

「ああ。待ってろ」

少しして、

「ママ……」

か細い久美の声が聞こえた。

「久美！　大丈夫？」

「ママ……。怖い……」

涙声になっている。涼香は必死で落ちつこうとした。

「大丈夫よ。必ず助けてあげるからね。ママを信じて」

「──ちゃんと元気にしてるぜ。分ったろう?」

男は愉しそうな口調だった。

「何をすればいいんですか」

と、涼香は訊いた。

「そうそう。それでこそ看護師長さんだ。なに、別に大したことじゃない。人を殺せとは言わねえよ」

と、男は言った。「今朝かつぎ込まれた男のことだ。松井明って名だ」

「──憶えています」

「そいつに用がある。どこにいる?」

「三階の外科です。手術をしたので、麻酔でまだしばらく眠っていると思いますが」

「それならそれでいい。運び出すときに騒がれてもな」

「動かすのは危険です」

「あんたが心配しなくてもいい。娘の方がもっと危険だよ」

「──どうすれば?」

口の中がカラカラに渇いていた。

「しかしね……」

と、片山はため息をついて、「万一、危いことがあったら……」

「構いません」

と、和美は言った。「自分の身は自分で守ります」

片山は困って晴美を見た。

「仕方ないわよ」

と、晴美は言った。「気持は分るわ。ねえ、ホームズ？」

「ニャオ」

「ホームズも賛成してくれてる」

と、和美が言った。「分ったでしょ？」

「どうした」

廊下をやって来たのは、栗原だった。

「課長。――この子たちに〈K学院〉へ戻ってくれと言ってるんですが、一向に……」

「私がついています」

と、西川郷子が和美の肩を抱いて、「危険なことはさせませんから」

「お父さんが、まだ目を覚ましてないんです」

と、和美が言った。「会いたいんです、どうしても」

「うむ。その気持も無理はない」

と、栗原は肯いた。

全く！　可愛い女の子に弱いんだから！

「危険の心配がある場所を避けて、違うフロアでやすんでもらえばいいだろう」

「でも、課長……」

「大丈夫だ。何かあれば、俺が責任を取る！」

そういうことを言ってるんじゃないんだけど……。

片山はもう言うべき言葉がなかった……。

「失礼します」

と、看護師がやって来て、「三階を担当する矢崎しのぶです」

「どうも……」

「入院患者さんに夕食を出す時間です」

と、しのぶは言った。「構わないでしょうか？」

「もちろん――」

と、片山は言いかけて、「待って下さい」

「はい？」

「まさか、とは思いますが、食事に薬を入れるとか……。念のためです。――おい、石津！」

「片山さん、何ですか？」

と、石津が急いでやって来る。

「食事の毒味をして来い」

と、片山が説明すると、

「分りました！　食べることなら任せて下さい！」

と、石津が胸を張る。

「ニャー」

と、ホームズが注意した。

「おい、一口食べるだけだぞ。全部平らげるなよ」

片山が本気で念を押した。

「私たちも行きましょ」

と、晴美が促したが、ホームズは行く気がないのか、廊下の隅に行って、丸くなった。

そこへ、

「ご苦労さま」

と、竹本涼香がやって来た。

「涼香さん、私がちゃんとやってるか、見に来たんですか？」

と、しのぶが言った。

「違うわよ。あなたがちゃんとやってることぐらい分ってる」

と、涼香は微笑んで、「片山さん、何か特に注意することとか……」

「いや、別にありません。ただ——逃げている男たちはかなり凶悪で、人殺しもやっています。たとえば、この外科のフロアを直接狙わず、他のフロアで患者さんを人質に取る、といったことも平気でやるでしょう。もちろん、こちらは各フロアに見張りを立てますが」

「どうぞよろしく」

と、涼香は言った。「ともかく、——犠牲を出さないことが第一ですね……」

「全力を尽くします」

と、片山は言った。「今夜はずっと病棟に?」

「帰るわけにはいきません。私はここの患者さん全員に責任がありますから」

と、涼香は言った。「では、——しのぶちゃん、よろしく」

「はい、確かに」

涼香は行きかけて、ふと廊下の隅の三毛猫を見た。——どうしてか、その猫が自分をじっと見ているような気がしたのである。

「ホームズさんでしたっけ?」

「ニャー」

「まあ、ちゃんとお返事をいただきましたわ」

と、涼香は言った。

18　交錯

「あの……」

と、小声で言われて、晴美は振り返った。

「どうしたの？」

立っていたのは、あの修二という若者について来た、道田小百合だった。

「すみません……。ちょっと……」

と、小百合が言った。「修二さんが、お話ししたいと」

「私に？　何かしら」

「もし良かったら……。聞いてあげて下さい」

まだ十八だというのに、小百合という女の子には、苦労して生きるということを、身をもって知っている雰囲気があった。

「もちろん、構わないけど……。眠ってないの？」

「薬のせいで、ときどきウトウトしてます」

と、小百合は言った。

——夜の病院は静かである。

消灯も夜九時。今、十時になろうとして、廊下もひっそりと静まり返っていた。

それでも、階段や非常口の外には警官が見張りに立っている。

入院患者に不安な思いをさせないように、目立たないように警戒に当り、院内の様子はいつもと全く同じように進められていた。

「行きましょ」

晴美が促すと、ホームズはチラッと目を向けたが、動く様子はなかった。

「何だか今日のホームズは動かないわね」

と言って、晴美は小百合について、修二の病室へと入って行った。

「——来てもらったわよ」

小百合が修二に声をかける。

「ああ……。すみません」

修二は目を開けて、「気になることがあって……」

と言った。

「何かしら?」

晴美はベッドの傍の椅子に腰をかけた。

「何だかぼんやりしてるんですけど……。俺、村松って男のこと、話しましたよね」

「ええ、それと〈寛治〉って人のことも」

「ああ、その寛治さんのことなんです」

と、修二が言うと、

「私からお話ししたわよ」

と、小百合が言った。「あなたのことを置いて行かないで、おぶってくれたこと」

「何だ、そうか」

修二は息をついて、「もちろん、短く銃身を切った散弾銃を持ってて。きっと何人も殺してると思います。でも、関係のない人を巻き込んだりしないと思うんです」

「兄にも話しておくわ」

と、晴美は言った。「もちろん、抵抗しない限り、撃ったりしない。でも成り行き次第では……」

「分ってます」

と、修二は肯いた。「ともかく――村松のことに用心して下さい」

「ええ、分ったわ」

「小百合から聞きました。今夜、警官が何人も入ってるって」

「念のためね。その村松たちが、松井を奪い返しに来るかもしれないから」

「そんな話があったんですか」

「松井がね、高熱で、うなされるように言ったのよ。『俺の金だ。誰にも渡すもんか』ってね。そして、『村松の奴が狙ってる』とも言ったわ」

「金？——ああ」

修二は小さく肯いて、「聞いたこと、あります。もちろん、俺みたいなチンピラには噂でしかなかったけど……。松井が、稼いだ金をどこかに貯め込んでるって話。たぶん、嘘じゃないですよ」

「松井が転り落ちて来たときにね、すぐ気を失ったんだけど、悔しそうに『あいつ、仕返ししてやる』って呻《うめ》くように言ったの。そのとき、村松がそのお金を狙ってることに気が付いたのかもしれないって、兄は考えてるわ」

「そうですか……。それなら、本当に村松がやって来るかもしれない。気を付けて下さい」

「任せて。あなたは静かに寝てればいいのよ」

晴美は修二の手を軽く握って、「小百合ちゃんににらまれるといけないから、これだけにしておくわ」

それを聞いて、小百合がちょっと赤くなった。

竹本涼香は、時計を見た。

十時を少し過ぎている。――ケータイが鳴った。

久美のケータイからだ。

「もしもし」

「時間だ。分ってるな」

と、あの男の声が言った。

「分っています」

と、涼香は言った。「〈救急受付〉という所へ来て下さい」

「警官がいるぞ」

「大丈夫です。私がすぐ行きます」

涼香は話しながら足取りを速めた。

〈救急受付〉の窓口に、看護師がいた。

「あ、竹本さん」

「ご苦労様」

と、涼香は言った。「四階のナースステーションで、手が足りないって言ってるわ。私がここにいるから、行ってみて」

「はい、分りました」

受付が空になると、涼香は〈救急受付〉のドアを開けて外へ出た。

「誰だ？」

立っていた警官が振り向いた。

「ご苦労様です」

と、涼香は会釈した。

「ああ、どうも」

警官には挨拶しているので、涼香の顔は憶えられていた。

「何か変ったことは？」

「今のところ、特にないようですね」

「ちょっとお願いが」

と、涼香は言った。「今、中の受付が空になっていて。私もちょっと外しますけど、すぐ戻りますから、受付の中にいていただけませんか」

「いいですよ」

と、警官は肯いた。

涼香は受付へと案内すると、

「そこに座っていて下さい。すぐ戻りますので」

「分りました」

涼香は、病棟の奥へ一旦入って行くと、仕事用の通路へ入った。受付の裏側を通って〈救急受付〉のドアの所へ出られる。

音をたてないようにドアを開けると、二人の男が足早にやって来た。

涼香は黙って二人を中へ入れると、今通って来た通路へと導いた。

そして、壁に掛けてあった白衣を二枚取って渡すと、ここにいてくれ、と手ぶりで示し、通路を奥へ入って行った。

受付の所まで戻ると、

「すみません」

と、中の警官へ声をかける。「もう大丈夫です。私がいますので」

「ああ、分りました」

警官が立ち上って、伸びをした。「朝までは長いですね」

「ご苦労様です」

と、涼香は言った。

受付の内線電話が鳴って、出ると、

「竹本さん、四階に来ましたけど、何もないって……」

「あら、変ね。じゃ、きっとランプが間違って点いたんでしょ。戻って来て」

「はい」

涼香は、廊下の隅にある飲物の自販機に歩み寄ると、紙コップにコーヒーを落とし、ポケットから取り出した薬の袋から粉薬をコーヒーに入れてかき混ぜた。

戻って来た看護師に、

「ごめんなさいね。これ、むだ足させたお詫び」

と、コーヒーを渡す。

「わあ、ありがとうございます！」

若い看護師は紙コップを手に、受付の中へと戻った。

「じゃ、しっかりね」

涼香は言って、廊下を奥へと歩いて行った。

それからそっと戻って、通路へと入り、

「あの子は無事ですか」

と言った。

「心配するな」

白衣を着た二人の内の一人が言った。「しかし、俺たちが戻らなかったら、娘がどうなるか分ってるな」

「分っています」

涼香は肯いて、「患者さんをストレッチャーに乗せて運ばないと。まだ眠っていますから、大丈夫だと思いますが、動かすと痛みで目を覚ますかも」

「どうにかならないか」

「麻酔薬を追加して注射すれば……」

「しかし、あんまりぐっすり寝込まれても困るぜ。適当な量を注射できるか」

「たぶん」

「たぶんじゃ困る」

もう一人の男が、

「無茶言うな」

と、つついた。「ともかく運び出すことだ」

「これを付けて下さい」

涼香がポケットからマスクを二つ取り出した。「お二人でいいんですね。余分に持っていますが」

「ああ、これでいい」

男たちがマスクを付ける。

「エレベーターだと、ナースステーションのすぐそばです。非常階段で三階へ。そこで待っていて下さい」

「お前はどうする」

「三階にはナースと刑事さんがいます。薬で眠らせますから、時間を下さい」

「そううまく行くか？」

「久美の命がかかっていますから」

「よし。——非常階段は？」

「ご案内します」

と、涼香は促して、歩き出した。


膝の上に突然何かが乗っかって、片山はびっくりして目を覚ました。

「ニャー」

ホームズが膝の上に乗って、片山を見上げている。

「何だ、ホームズか……。いや、俺は眠ってないぞ。大丈夫。しっかり起きてる」

クスクス笑うのが聞こえて、振り向くと、看護師の矢崎しのぶが片山を見ていた。

「どうも……。ちょっとウトウトして……」

と、片山は頭をかいた。

「お疲れですものね」

と、しのぶは言った。

「しかし……よく皆さん、ちゃんと起きていられますね」

廊下の長椅子に座っていた片山は、立ち上って、ナースステーションの方へと歩いて行った。ホームズがスタスタとついて来る。

「それに――」

と、しのぶが言いかけると、壁のパネルが点灯し、ブザーが鳴った。

「はい、すぐ行きます」

若い看護師がパッと立ち上って病室へと急ぐ。

「――夜中も仕事があるんです」

と、しのぶが言った。「患者さんによっては、夜中に点滴の袋を交換しなきゃいけませんし、熱を測らなきゃいけない人もいます」

「なるほど」

「どうしても夜勤は人手が少ないので、忙しいんです」

エレベーターの扉が音をたてて開く。

「あら、涼香さん」

しのぶが立って、「どうしたんですか?」

涼香はキャスターの付いた台を押していた。

「ワゴンサービス」

と、涼香は微笑んで、「昨日、四階から退院した患者さんのご家族が持って来て下さったのを思い出して」

クッキーが大きな盆に並んでいた。そして紙コップから紅茶が香っている。

「ちょうどいい葉があったから、いれて来たわ。片山さんもどうぞ」

「ありがとう。今もウトウトしかけてたんです。眠気ざましになりますよ」

と、片山は早速クッキーを一つつまんだ。

「――おいしいですね」

「この近くの店ですけど、人気なんです」

と、涼香は言った。

「本当。なかなか買えないんですよね。すぐ売り切れて」

と、しのぶが肯く。「一人、呼ばれて病室に行ってるんで、戻ったら一緒にいただきます」

「ええ、ゆっくり食べて」

涼香は言った。「じゃ、四階へ戻ってるわ」

涼香が行ってしまうと、片山は足下へ目をやって、

「あれ？　ホームズ、どこへ行ったんだろ？」

やはり、眠れない。

和美は、五階の仮眠室で横になっていた。

三階で、万一危険なことがあっても、五階にいれば大丈夫だろうというのだ。

しかし——和美はつい考えてしまう。

もし、本当に危険なことが起るとしたら、それは父の死を意味するかもしれないということを。

このまま、生きている父に会えずじまいになってしまうかもしれない。——そう思うと、とても眠る気になれなかった。

薄暗い部屋の中で、和美はそっと起き上った。

「どうしたの？」

と、西川郷子が、やはり起きていたらしく声をかけた。

「ちょっとトイレに……」

「気を付けて」

「はい。大丈夫です」

和美は廊下に出た。

三階に下りる？　でも、エレベーターへは、ナースステーションの前を通ることになる。

和美は少し迷ったが、廊下の奥に、〈非常口〉があった。あそこから出れば階段があると分っていた。

そうだ。あそこで三階まで下りたら、三階でもナースステーションの前を通らずに、父のいる病室へ入ることができる。

手術を受けて眠っている父。——それでも、和美は「生きている父」の顔を見たい、と思った。

そう。そんなに時間のかかることじゃない。

決心すると、和美は〈非常口〉のドアをそっと開けた。

薄暗い階段が、上下に続いていて、空気はひんやりと冷たかった。

音をたてないよう、静かにドアを閉めると、階段を下りて行った。——三階まではすぐだ。

三階の〈非常口〉のドアをそっと開ける。顔を出して覗くと、廊下には誰も見えなくて、静かである。

確か——父の病室はあそこだ。

足音をたてないように用心して、病室まで行くと、思い切ってドアを開けた……。

病室の中は照明が落とされて暗かった。和美は明りのスイッチを見付けて、わずかに明るさを上げた。

暗がりの奥に、ぼんやりとベッドが浮かんだ。点滴のスタンドが小さく光って見える。

和美は静かにベッドへと近付いた。

その顔が見えた。――目を閉じて、眠っている。

額に傷があるのだろう、ガーゼがテープでとめてあった。

これが……お父さん。

一向に記憶は戻って来なかった。もちろん、ほとんど憶えていなかったのだから、当然のことだ。

でも、和美はただ黙って眺めてはいられなかった。そっと、

「お父さん」

と、呼んでみた。「――和美だよ、お父さん」

聞いてはいないだろう。それでも、話しかけずにいられなかった。

「お父さん、聞こえる?」

と、和美は続けた。

そのとき、ドアの方に足音がした。和美はハッとして振り返った。

「ここです」

と、涼香は言った。

「本当に大丈夫だろうな」

と、村松が言った。

「見て来よう」

と、寛治は言って、廊下の先のナースステーションを覗きに行った。

すぐに戻って、

「みんな眠ってる。大丈夫だ」

と言った。

「よし、よくやった」

「あの子を……」

「分ってる。松井を運び出したら、ちゃんと返してやる」

「じゃ……ストレッチャーを持って来ます」

廊下の隅に置かれたストレッチャーを、ガラガラと押して来ると、

「これに乗せて、運びましょう」

と言った。

「よし」

村松が肯いて、「ドアを開けろ」

涼香がドアを開けると、寛治が病室の中へとストレッチャーを入れる。村松はベッドへ近付いて、

「ふん、よく眠ってやがる」

と言った。「おい、注射を――」

「待って下さい」

涼香はポケットからガーゼにくるんだ注射器を取り出して、点滴のチューブの途中に針を刺して、液を入れた。

「これで大丈夫です」

「よし、移すぞ。――おい、これは持ってけないぞ」

と、村松は点滴のスタンドを叩いた。

「でも、点滴を止めるわけには……」

「止めたら死ぬのか」

と、寛治が訊いた。

「すぐにどうということは――」

「それなら針を抜け」

「分りました」

涼香は点滴の針を抜いて、「どれくらい……。できるだけ早く、病室へ戻して下さい」

「こんな奴の心配をするのか？　さすがベテランだな」

と、村松が笑った。

「任せろ」

と、寛治は言った。「必要な話を聞いたら返す」

「分りました」

「おい」

と、村松が念を押すように、「さっき誰かが非常階段を下りて来たぞ」

「え？」

「下の階へ移って、様子を見てたら、誰だか見えなかったが、この三階へ入ってってった」

「それは……。でも、特に何も起っていませんから」

「お前が邪魔しなきゃ……」

と、村松がチラッと寛治をにらむ。

「余計な殺しはしないもんだ」

「まあいい。よし、松井を移そう」

涼香は患者を移すこつを心得ている。寛治と二人で、手早く松井の体をストレッチャーに乗せた。

「なるほど、上手いもんだ」

と、村松は言って、「よし、行くぞ」

病室を出て、ストレッチャーをガラガラと押しながら、エレベーターへ向う。

寛治はチラッとナースステーションの中で一人残らず寝入っているのを確かめた。

「――刑事も眠ってやがるんだろ」

村松はエレベーターが来るのを待ちながら、「一人くらいばらして行けば良かった」

「警官を殺したらどうなるか分ってるだろう」

「分ってるさ。冗談だ。しかし、表に立ってる奴はどうする？」

「俺に任せてくれ」

と、寛治は言った。「来たぞ」

エレベーターで一階へと下りる。

「表の警官を呼んで来い」

と、寛治は言った。

「はい……」

逆らうわけにいかない。涼香は〈救急受付〉の窓口の看護師が机に突っ伏して眠っているのを確かめて、外へのドアを開けた。

「どうしました？」

立っていた警官が欠伸しながら振り向いた。

「すみません、ちょっと来ていただけますか？」

「何か……」

中へ入った警官の頭を、ドアの傍に隠れていた寛治が銃把《じゅうは》で一撃した。倒れた警官を脇へやると、

「外へ出すぞ」

と促した。

ストレッチャーを押して表に出ると、

「車を持って来る」

と、寛治は駆け出して行った。

「あの……娘はいつ返していただけますか」

涼香は村松に訊いた。

「俺たちが安全な場所へ逃げてからだ。いいな。それまでに、俺たちのことをしゃべるんじゃねえぞ。俺たちの顔や車のことを、ひと言でもしゃべったら、娘は生きちゃいられねえ」

「分っています」

涼香もさすがに青ざめ、冷汗をかいていた。

車の音がした。――ワゴン車が病院の敷地へ入って来る。

「こいつを見付けるのに苦労したんだ。――おい、停めろ」

車を運転して来た寛治が、すぐに降りて後部の扉を開けた。

「毛布を敷いてある。そこへ松井を寝かせるんだ」

涼香も手を貸して、松井を乗せると、毛布で覆った。

「これでよし」

と、村松は言った。「マスクと白衣はもらってくぜ。何か役に立ちそうだ」

「お願いです。久美を無事に……」

「くどいぞ。——おい、行こう」

寛治がハンドルを握り、村松は助手席に座った。涙を浮かべて見ている涼香へ、寛治は、

「大丈夫だ。娘さんはちゃんと返す」

と、声をかけ、「世話になったな」

そして、エンジンをかけ、ワゴン車が走り出した。

病院の敷地から出ようとしたとき——。

突然建物の陰から飛び出したパトカーが、ワゴン車の行手をふさいだ。ワゴン車が急停止する。

同時に、片山たちと警官がワゴン車を取り囲んだ。

涼香は呆然と立ちすくんだ。

やめて……。やめて……。

あの子が……殺される。

ここで時間を戻して……。

「あれ？　ホームズ、どこへ行ったんだろ？」

片山は周囲を見回した。

紙コップの紅茶が、いい香りを漂わせている。

「あ、どうしたんですか？」

病室へ行っていた若い看護師が戻って来て、すばやく紅茶の香りをかぎつけていた。

「何かあった？」

「いえ、虫にさされたあとがかゆいって。薬、塗っときました。——あ、あそこのクッキー。どこから？」

「今、涼香さんが。一緒に食べましょ」

「はい！　このクッキー、大好き！」

と、つまんで、紙コップを一つ取る。

「目覚ましになるわね」

と、しのぶが言った。

そのとき、何かが落ちて壊れる派手な音がした。片山は警戒して、

「どこだろう？」

「給湯室ですよ。あの音は茶碗が割れたんでしょう」

「ここにいて！」

片山は明りが点いている給湯室へと駆けて行ったが、そこから出て来たのはホームズだった。

「ホームズ、お前か？　どうしたんだ？」

片山は目を丸くした。

ホームズが何かくわえている。それはどう見ても、割れた茶碗のかけらだったのである。

「どうしたんですか？」

と、しのぶがやって来た。「あら、それは……」

片山は、ホームズが足早にナースステーションへと駆けて行き、テーブルの上に飛び上るのを追いかけた。

「――矢崎さん」

「はい？」

「ホームズは、何の意味もなくこんなことはしません――。もしかして、この紅茶……。おかしいところはありませんか？」

「え？　まさか！　涼香さんが……」

しのぶは紙コップを手に取った。そして、紅茶を少し飲んで、

「味は特に……」

と言ったが、「待って下さい。これって、いつもの涼香さんらしくない」

「というと？」

「濃く出過ぎています。涼香さん、よくご自分で紅茶いれますけど、こんなに濃く出すことはありません」

しのぶは、少し間を置いて、「――中に何か入ってるか、調べましょう」

と言った。

「やめて下さい！」

涼香は涙声で、片山の方へヨロヨロと進みながら、「久美が殺されるんです！」

「竹本さん、あれを」

片山が病院の正面玄関を指さした。

玄関の明りが点き、矢崎しのぶが、少女の手を引いて来た。

「涼香さん！　大丈夫ですよ！」

「久美ちゃん！」

「ママ！」

駆け寄った涼香は、我が子を力一杯抱きしめた。

「涼香さんが紅茶に薬を入れたと知って」

と、しのぶが言った。「涼香さんがそんなことをするのは、何かで脅迫されてるから。涼香さんの唯一の弱味は、久美ちゃんですものね」

「ああ！　ありがとう！」

「犯人は二人と分ってましたからね」

と、片山は言った。「久美ちゃんを見張っている余裕はない。ご自宅へ警官が急行して、押入れに縛られて入れられてる娘さんを発見しました」

「畜生！」

ワゴン車に乗っていた村松が、寛治を押しのけて、車を急スピードでバックさせた。

ワゴン車は〈救急受付〉のドアの手前の壁にぶつかって停った。

「捕まってたまるか！」

村松がワゴン車から飛び出す。

反対方向からも警官たちが駆けて来た。

「中へ入るぞ！」

村松がドアを開けて〈救急受付〉の中へと駆け込んだ。寛治も続いた。

「待ってたよ」

石津が、警官を従えて立ちはだかっていた。

寛治が白衣を脱ぎ捨てた。

その手に、短く銃身を切った散弾銃が握られていた。石津が、

「隠れろ！」

と叫んで身をかがめる。

寛治は散弾銃を天井へ向け、照明を撃った。粉々になったプラスチックが降り注ぐ。

「行くぞ！」

寛治は村松に声をかけ、警官たちの間を駆け抜けた。

「おい、待て！」

村松があわてて寛治の後を追った。

石津が思い切り足を伸して、村松の前に突き出す。あまり長いとは言えない足だが、
村松はつまずいて、前のめりに転った。

「こいつ！」

石津が村松の上に飛びかかった。

「危いわよ、和美さん！」

と、西川郷子が止めたが、

「お父さんが死んじゃう！」

和美が非常階段を駆け下りて行く。

「待って！」

郷子と、そして深雪も和美を追った。

和美は、男たちが父を病室から運び出して行く間、ロッカーの中に身を潜めていた。

下で銃声がした！　和美はじっとしていられなかったのだ。

一階へ下りて、〈非常口〉から出ると、和美は危うく目の前を駆けて来た男とぶつかりそうになった。

「邪魔するな！」

散弾銃を持った男が和美を突き飛ばした。〈非常口〉から、郷子と深雪が飛び出して来た。

「みんな動くな！」

と、男は言った。「その場に伏せてろ！」

「おい！　銃を捨てろ！」

追いかけて来た片山が怒鳴った。

「近寄るな！」

片山は、和美たちがいるのを見て、

「待て！」

と、他の警官たちを止めた。

そのとき……。

「寛治……」

と言うのが聞こえた。

「え？」

「あんたなのね！」

そう言ったのは西川郷子だった。

寛治は一瞬唖然として、

「姉さん。――どうしてここにいるんだ」

「あんたこそ……。何をしてるの？」

「姉さん。――時間がない。姉さんがあの学校で働いてることは知ってた。だから気になって来たんだ。だけど、この病院になぜ――」

「寛治。いつからそんなこと――」

「やめてくれ！　俺はもう弟じゃない」

寛治は片山たちの方を向き、しかし銃口は天井へ向け引金を引いた。天井材がバラバラになって白煙が立った。

「俺は行くぜ」

「寛治！」

寛治が頭を低く下げて、壁沿いに駆けて行った。

「和美さん、大丈夫？」

郷子が和美を抱き起こす。

「うん。あの人――先生の弟なの？」

「ええ。いつの間にあんな……」

と言いかけて、「深雪ちゃん？――深雪ちゃん、どこ？」

深雪の姿が消えていたのだ。

寛治は、外来待合室のベンチのかげに隠れて息をついた。

「畜生……。こんな所で……」

と呟く。

そのとき、誰かがすぐそばへやって来た。

「誰だ！」

と、銃口を向ける。

「私を人質にして」

「何だと？」

「そうすれば逃げられる。私のこと、人質にして」

深雪は言った。「私の命を助けてくれたから」

「お前……」

寛治が、じっと深雪を見つめて、「──そうか。あのときマンションのバスルームに……」

「ええ。私、救ってもらった。だから、人質になるわ。私を連れて逃げて」

深雪は、真直ぐに寛治の目を見ていた。

寛治はやがてペタッと冷たい床に座り込んだ。口もとに笑みが浮かぶ。

「忘れたのか、約束を」

と、寛治は言った。「俺のことは全部忘れる。そういう約束だぞ」

「分ってるけど──」

「お前は俺を知らない。俺もお前を知らない。いいな」

「でも……」

「俺は約束を守らない奴は嫌いだ」

寛治はそう言って、片膝をつくと、「伏せてろ。流れ弾に当って、けがでもしたら損だぞ」

「寛治さん……」

深雪が名を呼ぶと、寛治はちょっと笑って、立ち上がろうとした。

そのとき、

「ニャー……」

と、猫の鳴き声がした。

寛治は面食らって、一匹の三毛猫がそこに座っているのを見た。

「何だ、こいつは？」

「ホームズっていうんだ」

と、深雪が言った。「ね、お願い。銃を捨てて」

「ごめんだ」

と、寛治は言った。「そこへ伏せてるんだ」

寛治が立ち上ろうとしたとき、ホームズがひとっ飛びして、寛治の手の甲を爪で引っかいた。

「いてっ！」

思わず銃を取り落とす。深雪は素早く銃を拾い上げると、片山たちの方へと放り投げた。

「何しやがる！」

と、寛治は怒鳴ったが、もう遅い。

片山たちが駆けつけて来た。

「――分ったよ」

寛治は苦笑した。「お前は……」

「私、あなたのことは忘れた」

と、深雪は言った。「でも、恩は忘れない」

「子供が何言ってる」

と呟くと、寛治は両手を上げて、片山へ、「村松はどうした」

と訊いた。

「逮捕した。暴れたから、石津が一発殴ったんで気絶してるよ」

「そうか」

寛治は肯いて、「ま、自業自得だな」

と言った。

寛治の手首に手錠が鳴った。

エピローグ

「天井に穴が開いた……」

と、院長代理の今井は情ない顔で言った。

「それも病院の中で撃ち合いまであって……。院長が戻ったら、何と言われるだろう」

「お静かに」

と、厳しい口調で言ったのは、竹本涼香だった。「とても大事なことなんですから」

今井は何か言いかけたが、涼香が相手では言い負かされると分っているので、口を尖らして、行ってしまった。

病室のドアの前に立っているのは、和美だった。

中へ入ろうとして、ためらっている。でも――思い切ってドアを開けた。

「もう話すことはないぜ」

ベッドで、松井が言った。「こっちはけが人なんだ。ちっとは気をつかってくれ」

和美の方を見ていない。大方、取調べに来た刑事だと思っているのだろう。

「お父さん」

と、声をかけると、ちょっとびっくりした様子で、顔を向ける。

「――和美か」

和美は無言でベッドへ歩み寄った。

「松井なの？　三輪山昭夫なの？」

と、和美は言った。

「松井明だと思ってくれた方が、お前も気が楽だろ」

と、目をそらす。

「でも、お父さんだもの。――お母さんは死んだの？」

「ああ、飛行機が落ちたときな。あのとき、俺も死んでりゃ良かったんだ」

和美は椅子にかけて、

「おじいちゃんを殺したの？」

と訊いた。「どうして？　父親でしょ」

「お前にゃやさしかったんだろうがな」

と、三輪山昭夫は言った。「あいつはあの学校に、俺を殺しに来たんだ」

「嘘だ」

「本当だ。――哲夫と妻の五月が火事で焼け死んだろう。あれも親父の仕業だ」

「そんな……」

「〈オレオレ詐欺〉の組織を束ねていたのは、親父だったんだ。俺は使われていた。飛行機事故のとき、ジャングルからやっと抜け出した俺と会って、親父は『死んだことにすれば、何をやっても大丈夫だ』と思い付いた……」

「じゃ、私のこと放っとくのも？」

「哲夫たちへ預けて、任せることにした。お前のことが気にならなかったわけじゃない。しかし、あの事故の前から、俺は親父のことを手伝ってた。今さら、父親だなんて言って出て行けるか」

「でも——どうしておじいちゃんは……」

「俺がしくじったからだ。手入れを受けて、組織はガタガタになっちまった。親父は失敗した人間を許さない。たとえ息子でもな」

昭夫はちょっと顔をしかめた。

「痛む？」

「ああ……。しかし、痛いと忘れられる。胸の内の痛みをな」

「ひどいことしてたんだね。お年寄のお金を騙しとるなんて」

「そうだ。きっと天罰だな」

和美はちょっと間を置いて、

「一つ教えて」

と言った。

「何だ」

「私の学費、悪いことして稼いだお金から出したの？」

「振込先のメモが焼け残ってたそうだな。親父に頼まれて振り込んだ。あの金は、母さんの生命保険の保険金だ。本当だ。けがが治ったら、ちゃんと証明してやる」

「そう……。信じろって言うの？」

「信じられないだろうな。——死んだ親父のせいにして、罪を逃れようとしてると思ってるだろう。だが、恭子に訊いてくれ。あいつは知っている。——親父を殺すのにも手を貸してくれた」

「あの〈おばさん〉だね」

「あいつも可哀そうだ。親父に恩義を感じてた。だが、俺と一緒に殺すことで、そのしがらみから逃れられると思ったんだ……」

病室のドアが開いた。

「片山さん」

と、和美は言った。「ホームズは？」

「今、深雪君と一緒だよ」

「私、もう行くね」

と、和美は立ち上った。

「和美……」

と、昭夫が言った。「この父親を許してくれるか」

「修二さんのおばあさんを騙したの？」

「聞いた」

と、昭夫は言った。「恨まれても仕方ないな。しかし、俺は知らなかった。あのときたまたま病気で寝込んでいて逮捕されなかった奴がやったんだ。奴の居場所なら見当がつく。償いをさせるよ」

「死んだ人は戻って来ないよ」

と、和美は言った。「やり直せるのは、生きてる人だけだよ」

「そうだな……」

「許せるかどうか。私も何年もかけて考える」

そう言うと、和美は足早に病室を出た。

「――和美さん」

西川郷子が廊下に立っていた。

「先生……」

和美は郷子へ駆け寄って、その胸に顔を埋めると、少しの間泣いた。

そして顔を上げると、

「ごめんなさい。服が濡れた」

「いいのよ。私も泣きたい。代りに泣いてくれた、って思うわ」

「でも、寛治さんって……」

「人を殺したことに変りはないわ。でも、やっぱり弟だから。見守るしかないでしょうね」

「あ……」

和美は、廊下をやって来る道田小百合を見て、「家へ帰るんですか？」

小百合は小さなバッグをさげていた。

「仕事も放ったらかしだから」

と、小百合は言った。「ちゃんとけじめをつけて。それから、修二のお母さんに会って来る」

「修二さん、寂しいですね」

「凄く心配してるの。私がもう戻って来ないいんじゃないかって」

と、小百合は微笑んで、「一時間ごとにケータイに電話するって」

「それって凄いなあ」

と、和美は笑った。「私も恋がしたい！」

晴美と深雪がホームズと一緒にやって来た。

「和美さん、色々ありがとう」

と、深雪は言った。「とっても刺激的な日々だったわ」

「もう帰るの？　また学院に戻りましょうよ。〈おばさん〉の料理は食べられないけど」

「でも……。じゃあ、和美さんが私の家に来るってのはどう？」

「ニャー」

と、ホームズが鳴いた。

「ホームズも、『いい考えだ』って言ってるわ」

と、晴美が言って、みんな明るく笑った。

「――だけど」

と、深雪が言った。「うち、ヘリコプターの下りる所はないわよ」

解説

山前《やままえ》　譲《ゆずる》
（推理小説研究家）

年を重ねれば重ねるほど過去の記憶がどんどん失われていくことは、誰しも経験しているでしょう。すべての体験をキープしていては、脳細胞が破裂してしまうかもしれません。ですからそれは、生きていくうえで必要なシステムなのでしょうが、何年か経った記憶が順次失われていくといった、単純なシステムではないことも実感しているはずです。妙にあのことだけは忘れられない——これまた誰しも経験しているに違いありません。

そんな記憶のひとつに『ふしぎな少年』というテレビドラマがあります。調べてみると、ＮＨＫで放映されたのは一九六一年四月から一年間でした。その頃、学校で何を勉強したとか、友だちとどんな遊びをしたとかはまったく思い出せないのに、このドラマのことはじつに鮮明に覚えています。

時間を止めたり動かしたりする特殊な能力を得た少年が主人公で、その能力を使って、さまざまな危機を回避していくのですが、なにより面白かったのは、「時間よ、止まれ！」と言った瞬間に、少年以外、みんなの動きがストップしてしまうことでした。時間が止まってしまうという現象と、それが生みだすサスペンスフルなドラマに毎回見入ってしまったものです。

当時はもちろん知る由もなかったのですが、このドラマはほとんど生放送だったそうです。そのふしぎな現象を映像化するのは大変だったことでしょう。これまた調べてみると、手塚治虫《てづかおさむ》氏の漫画にアイデアを得て演出していたのは、のちに『アリスの国の殺人』で日本推理作家協会賞を、『完全恋愛』（牧薩次《まきさつじ》名義）で本格ミステリ大賞を受賞する、辻真先《つじまさき》氏だったというのですから、面白くないはずがありません。

なぜこんな遥か（！）昔のことを持ち出したかといえば、赤川《あかがわ》作品のシリーズ・キャラクターのほとんどが「時間よ、止まれ！」状態だからです。

一九七六年に発表されたデビュー作「幽霊列車」で探偵役を務めた永井夕子《ながいゆうこ》は、卒論を書いたはずなのに、いまもなお大学生のままのようです。『寝台車の悪魔』ほかで活躍している花園学園のトリオも高校二年生で止まっています。まさか落第した？　いえ、そんなことはないでしょう。警視庁で一番嫌われているという大貫《おおぬき》警部にしても、定年退職する気配がまったくないのです。周囲はみんなそれを願っている……。

もちろん例外はあります。『若草色のポシェット』に登場した杉原爽香《すぎはらさやか》は、暦通りに年を重ねています。『ウェディングドレスはお待ちかね』に始まる南条《なんじょう》姉妹シリーズも、暦通りではありませんが、赤ちゃんが誕生したりと、時の経過を楽しめる展開です。

そしてこの三毛猫ホームズのシリーズは――ご承知の通り、時が止まっているシリーズです。一九七八年刊の『三毛猫ホームズの推理』が第一作ですが、今に至るも片山義《かたやまよし》太郎《たろう》は平刑事で独身のままです。妹の晴美《はるみ》と石津《いしづ》刑事が結婚式を挙げる気配はまったくありません。片山兄妹がお金を貯めて、分譲マンションを買うなんてこともなかったのです。まさに「時間よ、止まれ！」の世界です。読者にしてみればお馴染みの世界ならではの安心感がありますが、シリーズ・キャラクターたちはどう思っているのでしょうか。

一方、現実の世界は確実に時を刻んでいます。それに伴う社会の変容は小説のメインテーマとなってきましたが、赤川作品ではあまり反映されてこなかったと言えるでしょう。現実の背後にある人間の本質に視線を向けてきたからです。しかし、この『三毛猫ホームズの復活祭』は違います。

「小説宝石」に連載され（二〇一七・一～二〇一八・三）、二〇一八年五月にカッパ・ノベルス（光文社）の一冊として刊行された長編ですが、まさにその時、日本社会で問題となっていたある犯罪を描いているからです。そしてここには、これまた珍しいと言っていいでしょうが、作者の激しい怒りが満ちています。

高畠和人《たかはたかずと》の母、美智代《みちよ》が、〈オレオレ詐欺〉に引っ掛かって五百万円を騙し取られてしまいました。娘に叱責されて家を出た美智代は、トラックにはねられて、意識不明の重体となってしまいます。一方、〈オレオレ詐欺〉の片棒を担がされそうになった八十歳を目前にした加藤伸介《かとうしんすけ》は、息子の嫁に激しく叱責されるのです。夜、ふらりと家を出て行きますが、翌朝、紐で首を絞められた死体となって発見されるのでした。そして、詐欺に巻き込まれてしまっただけでなく、高畠家と加藤家にはさらなる危機が迫っていきます。

警察庁のホームページでは〈オレオレ詐欺〉について、〝親族を装うなどして電話をかけ、会社における横領金の補塡金等の様々な名目で現金が至急必要であるかのように信じ込ませ、動転した被害者に指定した預貯金口座に現金を振り込ませるなどの手口による詐欺です〟と定義されています。

よんどころない事情で急にお金が必要になったから、なんとか工面してほしい……肉親の情につけ込んでお金を詐取する卑劣な犯罪は（犯罪はすべて卑劣でしょうが）、組織化され、あっという間に被害者が増えていきました。その被害者のほとんどが高齢者でした。

「オレオレ」という名称からして、電話は男性からなのがほとんどなのでしょう。それだけ世の中の男性が頼りない時代になったのかと、情けなくも思ってしまうのですが、そのテクニックはかなり巧妙なようです。新聞やテレビで被害が繰り返し報道されているのにもかかわらず、たとえば本書が刊行された二〇一八年には百八十億円以上と、毎年毎年巨額の被害が出ています。

銀行のATMでの振り込みが怪しまれだすと、郵便を利用したり、直接受け取ったりと詐欺のテクニックはさらに巧妙になっていくのでした。ミステリーの世界には詐欺をテーマにしたコンゲームというジャンルがありますが、現実の犯罪では楽しむわけにはいきません。さらには、警察官や銀行員を装ってキャッシュカードを盗み取ったり、電話で資産状況を聞き出して強盗に入ったりと、手を替え品を替え、とはまさにこのことです。

この種の犯罪の多様化を反映して、近年は〈ニセ電話詐欺〉として被害が集計されています。警察庁のまとめによると、その詐欺の認知件数と被害額はこのところ減少傾向にあるようですが、それでも被害額が何百億円にもなっているのは間違いありません。なかには泣き寝入りしてしまい、犯罪として認知されていない事案もあるでしょう。

この『三毛猫ホームズの復活祭』は、そんな詐欺が引き起こした悲劇が発端となっているのです。そして、静かな山間にある修道院の建物を改装した学園に、物語はしだいに収束していきます。

休み中、事情があって寄宿舎で独り過ごすことになってしまったのは三輪山和美《みわやまかずみ》でした。とはいっても、食事を作ってくれる〈おばさん〉や西川郷子《にしかわさとこ》先生もいたので寂しいことはありません。その学園を〈オレオレ詐欺〉の捜査の関係で訪ねることになったのが片山義太郎です。もちろん（？）晴美とホームズも一緒……。そこに詐欺グループ内の確執が絡んで、スリリングなストーリーが展開されていきます。

赤川さんはカッパ・ノベルスでの刊行に際して寄せた「著者のことば」で、〝我が子や孫への愛情につけ込んでの犯行は、許しがたい残酷な行為だ〟としたあと、

　そこには、「いつか自分もトシをとる」という想像力のかけらもない。政治が国民に平然と嘘をつくご時世だが、こんな時代だからこそ、「真実」と「真心」を大切にする、ホームズや片山兄妹に活躍してもらわなくてはならない。「人間性の復活」の祈りをこめて。

と述べていました。ここに込められた激しい憤りに共感しない人はいないでしょう。前述のようにオレオレ詐欺はさまざまに変化しています。まさに、安土桃山時代、強盗集団の頭だったと伝えられている石川五右衛門《いしかわごえもん》の辞世の句、「石川や 浜の真砂は 尽くるとも 世に盗人の 種は尽くまじ」です。そして、政治の嘘もますますエスカレートしている、と言いたいのが今の日本です。ホームズたちがミステリー界から引退する時は、まだしばらくは訪れないでしょう。

片山義太郎は、「時間よ、止まれ！」と叫んだわけではないでしょうが、シリーズ第五十二作目となるこの『三毛猫ホームズの復活祭』でも、年を取った気配はありません（もちろん晴美も！）。でも、初登場の頃には二十七歳くらいだった男性の平均初婚年齢が、いつしか三十歳を超えてしまったので、独身だからといって、よく見合い話を持ってくる叔母の児島光枝《こじまみつえ》に責められることはないはずです。その義太郎は、ここでもある女性から思いを寄せられていますが、それになかなか応えられないのがいかにも彼らしいところです。

そして、作品を重ねていくうちに、ホームズがケータイを操作するような時代になりました。けれど、その絹のような艶やかな毛並みは、初登場の頃から変わっていません。もしかしたら「時間よ、止まれ！」と叫んでいるのはホームズなの？

〈初出〉
「小説宝石」二〇一七年一月号～二〇一八年三月号
二〇一八年五月　カッパ・ノベルス刊

光文社文庫

長編推理小説
三《み》毛《け》猫《ねこ》ホームズの復《ふつ》活《かつ》祭《さい》

著者　赤《あか》川《がわ》次《じ》郎《ろう》

2020年5月20日　初版1刷発行

発行者　鈴木広和
印刷　萩原印刷
製本　ナショナル製本

発行所　株式会社　光文社
〒112-8011　東京都文京区音羽1-16-6
電話 (03)5395-8149　編集部
8116　書籍販売部
8125　業務部

ISBN978-4-334-79016-5　Printed in Japan

組版　萩原印刷

赤川次郎ファン・クラブ
三毛猫ホームズと仲間たち
入会のご案内

会員特典

★会誌「三毛猫ホームズの事件簿」(年4回発行)
会誌の内容は、会員だけが読めるショートショート(肉筆原稿を掲載)、赤川先生の近況報告、先生への質問コーナーなど盛りだくさん。

★ファンの集いを開催
毎年夏、ファンの集いを開催。賞品が当たるクイズ・コーナー、サイン会など、先生と直接お話しできる数少ない機会です。

★「赤川次郎全作品リスト」
600冊を超える著作を検索できる目録を毎年5月に更新。ファン必携のリストです。

ご入会希望の方は、必ず封書で、〒、住所、氏名を明記の上、84円切手1枚を同封し、下記までお送りください。(個人情報は、規定により本来の目的以外に使用せず大切に扱わせていただきます)

〒112-8011
東京都文京区音羽1-16-6
(株)光文社　文庫編集部内
「赤川次郎F・Cに入りたい」係

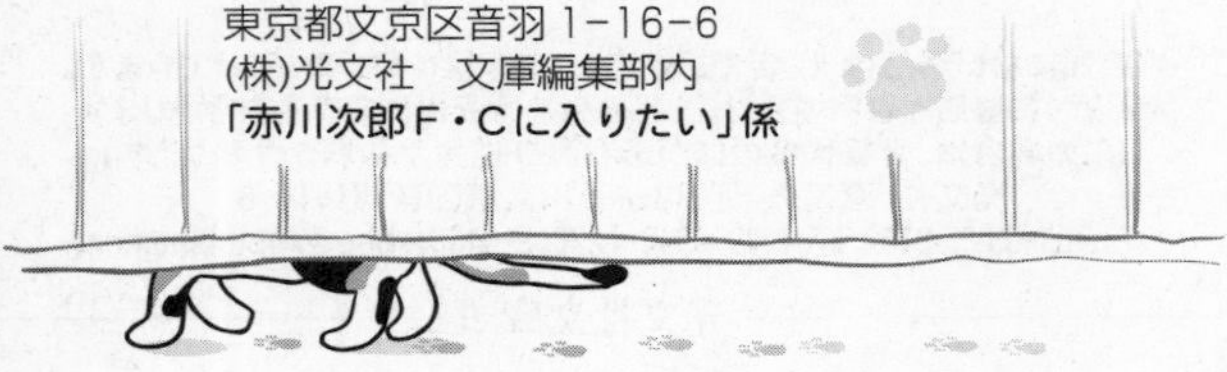